老料新酿

李景新·····著

Lao Liao Xin Niang

海风出版社
HAIFENG PUBLISHING HOUSE

做文章如同做酒，也是需要酝酿酝酿，需要手艺、火候和工夫的

图书在版编目（ＣＩＰ）数据

老料新酿 / 李景新著.--福州：海风出版社，
2014.8
ISBN 978-7-5512-0156-8

Ⅰ. ①老… Ⅱ. ①李… Ⅲ. ①随笔-作品集-中国-
当代 Ⅳ. ①I267.1

中国版本图书馆CIP数据核字(2014)第174338号

老料新酿

李景新 著
责任编辑：亓可佳
出版发行：海风出版社
（福州市鼓东路187号 邮编：350001）

印	刷：	广东省农垦总局印刷厂
开	本：	880×1230 1/32
印	张：	7.6 印张
字	数：	201.6 千字 图：3 幅
印	数：	1-1000 册
版	次：	2014 年 8 月第 1 版
印	次：	2014 年 8 月第 1 次印刷
书	号：	ISBN 978-7-5512-0156-8
定	价：	30.00 元

C目录
Contents

说三道四

生活随想

凡人点滴

到底是热肠挂住

（序）

伊 始

岁末拿到景新《老料新酿》的打印稿，当夜就一口气读完。为之作序，却直至今春人日才动笔。倒不是踌躇不前，而是手头的一部书稿尚未杀青，出版社催得又急，只好一搁再搁，直至过了年关，应付过诸种年节礼数，才静下心来作此短文。

读《老料新酿》，不期然便想起清人胡文英的一段说辞来：庄子眼极冷，心肠极热。眼冷，故是非不管；心肠热，故悲慨万端。虽知无用，而未能忘情，到底是热肠挂住；虽不能忘情，而终不下手，到底是冷眼看穿。

自然，景新还是景新，庄子还是庄子。我这里绝对没有等量齐观的意思。多少年过去了，世事如棋局局新，而我这位老友仍是以不变应万变。该嘻笑照样嘻笑，该怒骂照样怒骂。冷眼兼具热肠。不是他偏要去招惹别人，而是谁不巧撞到他枪口上，咔嗒一声，就抠响了板机，管你是谁。这叫冷眼相待。

热肠子嘛，只要读一读他的《印象》，你便会明白他的为人。

雪中送炭这种事情，在他来说并非慈善事业，他不是慈善家，

· · · · · ·　　**01**

自家财力也不允许他往陈光标那边靠。他只是天生一副软热心肠，好接济家庭困难的战友。不过他也不是一味慷慨，一味有求必应，一味两肋插刀。倒不是囊中羞涩，不胜其烦，而是他有他的原则，他有他的宗旨，碰上那些巧言令色善于哭穷的"人精"，他可以一而再再而三地施以援手，但一旦对方吃髓知味隔三叉五到他身上蹭一把解解痒的时候，他可就不客气了："钱要靠自己挣，别人给，毕竟是多添的。你看我好，我看你好。我是拿工资的，又没有做生意，哪能经常给你资助呢？"话说到这个份上还不明白？那就只好"不予理睬"了，管你是部队上的老股长，还是地方上的宣传部副部长。

有个别识趣的，景新刚接济他一笔钱，说是要到新哥家里坐坐。不去还好，到新哥家一看，屋里的装修简单得让人不敢相信。角铁窗子，天花也没挂。"你以为东莞个个很富啊？"只一句，来人便"自觉打住"，自此再也不随便伸手了。

令人惊讶的是，《印象》所言及的种种人事，包括毫无禁忌的放言道去，似足了三几知己酒后臧否人事，一就是一，二就是二，黑白分明，直来直去，不捣浆糊，不打马虎眼，痛快得让人有点儿心惊肉跳，毕竟这是白纸黑字，一落笔，或许就结下终生恩怨。世故者是不屑为也不敢为的。景新却照说照写不误，包括《"落选"如"落拓"》里的意外经历，竟如此直言不讳地道将出来，换了别人想是只能打落牙齿肚里吞，哪还有他那种拿"皮达阿叔"和"皮达死佬"来调侃自己的雅量？

与景新第一部随笔集相比，这部《老料新酿》还多了好些鲜活看点：搵鱼虾。摸蚬。兜禾虫。捉蟛蜞。掘白夹。扠藤鳝。扒白板。但读一遍，便生起一阵微醺的感觉。水乡风光虽然旖旎，他却不著一字，只是领着你穿行于湾头凼尾、沙田滩涂、河涌田间，他手里有各种各样的奇怪家什，因而总能在水里泥里找到吃的。那时节虽以填饱肚子为第一要义，但食为先与食为鲜并不矛盾，于是我们又得以见识了水乡人家烹小鲜的高明手段。

真心喜欢这样的文字。简洁得就如一弯月牙，温馨得就如一阵熏风。无一笔浓敷厚抹，只是娓娓道来。作文章讲究底气。若不是生于斯，长于斯，有狮子洋作血脉，有西大坦立骨肉，怕是下笔千里也触及不到这等乡趣。由是想起他写母亲写妻子的文章，暖暖的，如此感性，如此多情，间或加上一点点善意的数落，会心一笑之后，隐隐的似有春雨直沁心田。

当兵的人，终于露出了他柔软的一面。也许，正是这一部分文字，使得这部集子变得更加摇曳多采。其实，眼冷也罢，心热也罢，若不是有一副热肠子挂住，又何来这些率性文字呢？

借用别人一句话："阅读《庄子》一定要调适自己的温度，与之一起冷，一起热，惟其如此，这书读得才来劲。"

读景新的文章，似可照此办理。

2014 年 2 月 7 日子时于穗园

（伊始，原系广东省作家协会副主席、广东文学院院长。）

自 序

　　二三十年前的旧作《新坛旧酒》出版后，好多朋友都说写得不错，文笔较好，又切中时弊，蛮有意思。同时又关切地问：啥时候出第二部？

　　什么时候出第二部？我已差不多有 20 年没有动笔写东西了，何来出第二部？怎么能出第二部？即使抄写一遍，近 20 万字的，也要花一年半载的时间啊！朋友们的问候，使我语塞。

　　然而，也许正由于是朋友们的关注，使我重新燃起动笔的热情。是啊，何不把过去近 20 年中所耳闻目睹的一些人和事写一写呢？那时，因为工作、时间等原因没有写，现在把它写出来，也是有不少文章可作的啊！于是，我就利用工作之外的时间写起来了。

　　为了与《新坛旧酒》相对应，我将此书定名为《老料新酿》。"老料"者，指过去的、以往的、陈旧的事与材料也。当然，"老"字里面，包含着不少的好东西。"酿"：做文章如同做酒，也是需要酝酿酝酿，需要手艺、火候和工夫的。不过，自己在这方面还欠缺，唯有不断学习、探索、提高，尽力做好就是了。

　　是为序。

作 者
2013 年 11 月

说三道四

又见"文革画"

第一次见"文革画",也许是一二年前(也许更早些?这里就不去深究了)。是在报纸上。诸如一些房地产行情、股市飙升什么的插图。以后又陆续见到一些。

就是在我动笔写这篇文章时,我浏览了一下著名的报纸——《南方周末》,发现《南方周末》上也有不少"文革画",如 11 月 24 日 C13 版"我的空气我作主";10 月 27 日 C13 版《我为祖国测空气》插图、F31 版"历史是一个任人打扮的小姑娘";10 月 13 日 A7 版《部级记者下基层》插图、E31 版插图……

我不是画家,也不懂画画。"文革画",是我给它起的名。因为这些画,在"文化大革命"中充斥着祖国的每个角落:大字报中、黑板报中、图书中,甚至是一些高高大大的建筑物墙壁上。还有一两本是教人如何画"文革画"和写"文革字"的书,美其名为"美术"。它一般以粗线条勾勒,画的主人公是工、农、兵、学。或拿枪、或拿锤、或拿刀、或拿笔杆子,充满了暴力,充满了火药味儿。它虽然画的主角是工农兵学,突出"高、大、全",但表情凌厉、严肃、呆板,动作粗暴、野蛮,没有一点儿美感。它是"文革"时期的产物,已被深深地打上了"文革"的烙印。

"文化大革命"开始时,我读小学二三年级,还不懂事。但这些画,我是认得的,印象是永远不会磨灭的。所以我把它叫"文革画"。

　　所以,又见"文革画",使我想起了荒诞的、惨无人道的、灭绝人寰的"文化大革命",想起了成千上万在"文革"中被活活打死、被批斗整死,或被迫害至死的老革命、老将军、老教授、老专家、老学者……就在我写这篇文章时,我正在读季羡林的《牛棚杂忆》,也正在看今年第12期《同舟共进》里的一篇文章——《徐海东:"中国的夏伯阳"》。即使是中国式的"夏伯阳"、位居开国大将之二的徐海东,这位被毛泽东誉为"对中国革命有大功的人",在"文化大革命"中也被迫害致死。

　　"文革"时我虽然年纪小,又生长在农村,许多事情不可能亲历,但也耳闻目睹了一些:红卫兵破"四旧",挨家挨户搜去不知多少 名画、名书,不知砸坏多少古董、国宝,不知毁坏多少古祠、古庙。不少美好、宝贵的东西,全被红卫兵当"封、资、修"付之一炬。红卫兵揪"走资派",从大队到生产队,从学校到一些小单位,几乎所有头头都是"走资本主义道路的当权派"。我所在的大队,就有两个所谓的最大的"走资派":一个是大队的党支部书记,一个是大队的大队长。揪到的,就批斗,就游街,就戴高帽子,全不顾人性、人格和人的尊严。还有那家庭出身不好的"地、富、反、坏、右"和"牛鬼蛇神",也惨,不是批斗,就是游街,还要踏上一只脚,使之"永世不得翻身",几代背"黑锅"。有一次,我听一邻居说,今日批斗某某某,谁谁顺手从地上捡了块砖头掷向他,掷得他头破血流,当场倒地。还有一次听说某某由于受不了批斗等折磨,从大队部二楼跳下来,当场死亡了。后来,又听说县城分成两派了,一派叫"斗批处",一派叫"东战联";又听说"斗批处"与"东战联"打起来了,县农机修理厂的工人用"东方红"拖拉机改装成坦克车上街了……云云,搞到大人心惊胆战,人人自危;我们小孩不知如何是好……

　　那时,到处"闹革命",一片乱哄哄。在红卫兵"小将"们的冲击下，农民不能种地，工厂不能做工，学生不能上学。所谓"全国山河一片红"，"乱了敌人，锻炼了群众"，其实是全国工、农、兵、学一片荒废，乱了自己，也毁了自己，影响了一两代人。

现在回过头来看，那场所谓"文化大革命"，不但只"革"了文化的命（文化宝藏、文化遗产，也包括文化建筑），还"革"了老红军、老革命的命，"革"了知识界、科学界、精英界的命，也"革"了年轻学生的命（被迫上山下乡，接受所谓"再教育"、当农民）。许多在"三反""五反"以及反"右"中大难不死的人，在"文化大革命"中难逃厄运。可以这样说，说"文革"罪大恶极，罄竹难书也不过分。所以，以邓小平同志为核心的第二代中国领导人，对"文化大革命"来个彻底否定，为一大批老革命、老红军、老知识分子等全部平反昭雪，是完全正确的。

那么，彻底否定"文化大革命"已经有 33 个年头了，改革开放也有 32 个年头了，为什么报纸上还有"文革画"或是"文革画"的痕迹呢？是不是我们年轻一代的画家（或是编辑同志）对这段历史一概不知呢？如果是这样的话，还可谅解，但要快快补上这一课。若明知这是"文革"的产物，是"文革"的画法，那就要问一个为什么了。

快快去掉"文革画"吧！它粗糙、呆板、野蛮、充满暴力，没有一点儿美感。更可怕的是使年纪大一点的人（20 世纪 50 年代前出生的）心惊胆战，彻夜难眠……

2011 年 12 月 5 日

"三水干部"

初听这个词儿，我还以为是指某个地方的干部。因为在我们广东，就有一个三水市。

那是十多年前了，在一次饭局上，说起地方的领导。有个同志说，现在我们领导中有不少是"三水干部"啊！我愕然。

他见我疑惑，接着解释道：所谓"三水干部"，就是作报告喷"口水"，遇事情信"风水"，有利益捞"油水"。

听他这样一说，我当时认为还是蛮生动、形象的。

不是吗？现实生活中，我们确实是有不少"三水干部"的。

你看：作报告，讲成绩，口若悬河，滔滔不绝，大喷、猛喷"口水"，唯恐少讲一点，甚至有的无限夸大。但一讲到问题，特别是一些敏感的问题，就三言两语，一笔带过，甚至不提。有一次，我在台下听一位领导讲话。说到变化，光是数字这一项，什么横向对比，什么纵向对比，什么前后对比，差不多讲了半个小时。难怪人们说"口水干部"了。

再说"风水干部"。现在，我们有些同志不知从何时起，共产主义信念淡薄了，丧失了，渐渐变成不信马列信风水，不信科学信鬼神了。建个办公楼什么的，也要请"风水大师"看看；奠基或志庆择个日子的，也要请"风水大师"算算。似乎大师就是"神灵"，大师就是"导师"，逢事围着大师转。听说某地有位领导，有个"风水大师"常伴其左右，不知是真是假。

至于"油水干部"，那就更多一些了。有的是上一级，有的是下一级；有的是机关，有的是基层；有的是部门，有的是村镇……有的人，有利益就干，有"着数"就干。相反无的，就不干或少干。有的人帮人办事，人家给点好处就笑哈哈，没给好处就不高兴；还有人揩集体的"油水"，揩公家的"油水"，揩群众的"油水"……

纵观"三水干部"，有的人三者兼而有之，有的只有后一种或第二第三种。不过，据我观察，有的领导，是三者都具备了的。

不过，这些都是十多年前的印象、状况了。十多年过去了，现在的情形又是怎样的呢？我认为，现在的"三水干部"不仅没有绝迹，反而有愈演愈烈的态势。

近10年来报上不断披露的贪污腐败案，足可见其一大斑。

就说"风水干部"吧！原黑龙江省政协主席韩桂芝，专门在家里供奉一尊金佛像，不信马列信佛教，可说是高官腐败中的一个典范。

其他有所不同的是，官越来越大，贪的数量越来越惊人。三五百万的已经是小菜一碟了，动辄是千万以上或几千万的。而且，现在的贪官不是揩"油水"或捞"油水"这样简单了，简直是刮地皮、刮民膏、刮国家利益了。而且，窝案、串案也越来越多了。就我们广东的韶关、茂名两地为例，一个案就牵扯出100多人，其中不少是处级以上干部。而且，"前腐后继"，不怕杀头的也大有人在。河南省三任交通厅厅长，一任比一任贪，且贪的数目一任比一任惊人。记不起是哪个县了（其实也在河南，我这里故意不说），连续三任县委书记，第一任卖土地，第二任卖国企，第三任卖官帽，各有各的办法，各有各的"精彩"。稍微没一点脑筋、没一点胆量的人，是很难想得出和做得出的。

好在我们有英明的党，有英明的党中央，有爱党和爱国家的人民，有不断与腐败分子作较量、作斗争的纪检监察队伍。贪官们，"三水干部"们，你们不怕死的、不怕绳之以法的，就续继下去吧！不过，"最狡猾的狐狸也斗不过好猎手"，总有一天，你们会见铁窗、见棺材的……

2011 年 12 月 7 日

"好说！好说！""是的！是的！"

那也是十多年前的事了。我刚到高垧镇任职不久，一老战友来探我。讲起为官之道，我那位老战友说，现在做官好做，你只要学会两句话就行了。

两句话？哪两句话？就是这篇文章的标题："好说！好说！""是的！是的！"

老战友进一步解释道：譬如有人找你或求你办事，你就说"好说！好说！"如或遇到上级讲话或批评，你就说"是的！是的！"两句话，就这么简单。

我老战友这样说，其实在开玩笑。不过，这句玩笑话却也道出了一些真谛。

横视一下官场，会说这两句话的人还是不少哩！

先说"好说！好说！"有的人，不知高低，不知深浅，遇事必"好说！好说！"也不知有无把握，先应承；有的人缺少原则，逢有人找他办事，都"好说！好说！"也不知这事那事是否符合规定，是否符合政策；还有的人，明知不能为，不该为，也要"好说！好说！"管他政策不政策，规定不规定，甚至说我就是政策，我就是规定。

· · · · · ·

对待群众反映的问题，也有"好说！好说！"甚至信誓旦旦，大拍胸口。然而一拖再拖，或一两年才解决，或一直没有踪影。

再说"是的！是的！"有的人，在上司面前唯唯诺诺，无论领导说啥，也无论是说对还是说错，总是"是的！是的！"从没有自己的主张，也没有自己的见解。有的人，明显看到领导说错了，做错了，也应声附和，"是的！是的！"不敢加以纠正，不敢坚持真理。至于上司的批评，更不敢回应了，一个劲地"是的！是的！"即使是批评错，也只能"打掉牙齿往肚子里咽"。

"好说！好说！""是的！是的！"早些年可能行得通，但现在，恐怕就没有多少市场了。

你看，现在办事讲规矩、讲程序、讲制度，还要追究责任。如果不符合规定，不符合条件，不符合要求，不是"好说！好说！"就能行的。再说，人们现在精明了，懂得保护权益了，你如果光"好说！好说！"不办事，办不成事，人们不说你是"骗子"，就是说你"口水佬"，尽失民心。特别是承诺关系到国计民生的事，承诺群众要解决的问题，没有尽职，没有尽责，过了期限，没有兑现，是要作出回应，作出解释的。弄不好，还要追究责任呢。

至于"是的！是的！"也不是所有的事情都能"是的！是的！"没有主张，没有见解，没有思想，怎么能发挥自己的聪明才智呢？特别是一个地方的"一把手"，不但要充分发挥自己的聪明才智，还要充分发挥"一班人"的聪明才智，发挥各机关、各部门所有人的智慧。这样，才能把一个地方建设好，把一个地方管理好，把各方面的工作做好。如果一味附和"是的！是的！"唯书唯上，不实事求是，不从当地实际出发，不结合自己的特点去发展，是很难发挥自己的特长，搞出当地独有的特色的。

"为官一任，造福一方"。当官，要对得起天地，对得起良心，对得起百姓。"好说！好说！""是的！是的！"是行不通的，是不长久的。还是要多读书，多学习，掌握点真本领，提高改革开放与执政的能力，提高驾驭经济建设和各种风险的能力。立党为公，勤政为民，多办实事、好事，多为群众谋福利，多为群众解忧愁，使当地社会稳定、健康、和谐、幸福地发展。这样，不用自己说"好说！好说！""是的！是的！"人们和上一级会自然而然地支持和拥护你的。

2011 年 12 月 9 日

这也是一种不正之风

　　记不清是 1995 年还是 1996 年了，一天，我收到上级共青团、工会、妇联、交通局共 8 个部门联合转发省、省转发共青团中央、全国总工会、全国妇联、交通部等 8 个部门联合印发的一个通知，说是某地某剧团编了个反映交通事故的话剧，对警醒人们提高交通意识有很大意义，现到全国各地巡回演出，要求各乡镇组织有关人员观看云云……

　　我当时想，一个小小的话剧，真有如此大的作用吗？再说，南北文化有差异，一些人连普通话都很难听懂，去观看一个带北方口音的话剧，更不知是云里雾里了。

　　我又想，如果真的这么重要，国人非看不可的话，为什么不把它拍成电视，在中央电视台和各省电视台连续播放它三天三夜？在电视台播放，教育面更大、更广，受教育的人更多。这样，何须劳师动众，搞到演员辛苦，也搞到上上下下几个部门围着它转？多省事！

　　况且，现在是市场经济，一个东西出台的好与不好，应该由市场说了算，由市场去调节。你部委办局干扰人家干什么？有那么多应管的事不去管，而偏偏去管一出小戏？看来，这也是不正之风，一种新的不正之风！

于是，当上级几次催问场地、时间落实得怎么样时，我都以镇影剧院是危楼为名（也确实是危楼，20世纪五六十年代建造，准备拆迁的），给顶了回去。

现在，回想起来，道理确实如此。都市场经济了，好多东西应还给市场作主，还给市场评价。你一个机关、一个行政部门，搞行政干扰，正确吗？符合机关的职能和工作性质吗？引导、倡导、推荐一下，还说得过去。动不动要人们看什么，不看什么，这如同要人们买什么，不买什么一样，显然是不对的。

说到教育意义，我以为，在我们国家，如果通过正规渠道上来的，哪一出戏，哪一本书，甚至是一幅画，一首歌没有教育意义？为什么一些更优秀、更感人的作品没有享受"巡回演出"（或"巡回展览"）的待遇，而对一个小小的话剧却几个部门联合发文，要到全国各地巡回演出？这是不是应了早些年某地叫得最响的"跑部钱进"那句话，又是什么呢？

话又说回来，要是我们的机关、部门都热衷于对人们的取舍发号施令，社会岂不是乱了套吗？免费观看、免费派送的还可以，一涉及钱，就是利益问题了。

然而，我们的一些机关、部门似乎对这些利害关系不清楚。有的可能得到一些好处、甜头，就利用手中的权力，发号施令，要求下属单位干这干那。看演出（包括一些电影）——发，听讲座——发，订报刊杂志——发，订学习资料——发，全不顾下面的费用、负担、困难。有的被某些人"搪笨"，赚得盆满砵满也不知道，还认为是对某一项活动热心，有创意，组织得力，声势浩大，年终工作总结时大书特书一笔，甚至作为经验呢！

其实，他们哪里知道和过问过基层的苦衷呢？

2011年12月31日

从两篇文章的题目说起

前些年，我在《南方都市报》个论/众论版先后看到两篇文章，印象特别深刻，因为一篇的题目叫"中华民族到了最危险的时候"，另一篇的题目叫"还我河山"。

"中华民族到了最危险的时候"、"还我河山"，这两句在抗日救亡中的口号，何以成为文章的标题呢？这两篇文章到底说的是啥呢？你不看不知道，一看，原来是讲我们环境污染的。前者呼吁我们的环境状况已到了最危险的时刻；后者要求还我过去美好的山河！

在我们国家，许多事情不是未雨绸缪，预先防范，把苗头解决在萌芽状态中，而是等到问题成堆、积重难返的时候才去注意，才去重视，才去着手解决。但，已然迟了，有些难于收拾了。

像环境问题，我国除了与全球有共性的外，根据我平时掌握的材料，起码有这样几个突出的问题——

垃圾围城。全国每年产生垃圾超亿吨。三分之一城市被垃圾包围。首都北京市的周边有 400 个垃圾填埋场；上海一年的生活垃圾相当于 5 个金茂大厦的体积。2008 年中国年鉴统计，2007 年全国 655 个城市的垃圾总量达 1.25 亿吨。这样的数字每年还在以

8% ～ 10% 的速度增长。

工业废弃物危及后代。上世纪 50 至八九十年代，在化工企业带来红火利润的同时，也留下 600 多万吨工业废料——铬渣，堆放在上海、苏州、广州、郑州等 20 多个城市周边。铬渣中含有致癌物铬酸钙和剧毒物六价铬。这些铬渣堆大多没有防雨、防渗漏措施，经过几十年的雨水冲淋、渗透，正一天天地成为持久损害地下水和农田的污染源。来自国家环保部的资料显示，我国地表水中主要的重金属为汞，其次是镉、砷、铬和铅。目前我国受镉、砷、铬、铅等重金属污染的耕地面积近 2000 万公顷，约占耕地面积的五分之一（《20 城市 600 万吨铬渣污染数十年影响几代人》——人民环保网2010.10.26）。云南个旧市被称作"锡都"。但与锡相伴相生的是砷，其化合物是砒霜的主要成分。在我国，砷作为锡的伴生矿由于利用价值不高，70% 以上都成了被废弃的尾矿。截至 2008 年，我国以至于有 116 万吨的砷被遗留在环境中，这就相当于千万吨的砒霜被散落在旷野中，任雨水冲刷，注入河流，渗入土壤。于是，个旧这片因锡而富裕的土地也在因砷而痛苦，其中有个被称为"癌症村"。这个"癌症村"的癌症病发率一度高达 2%，接近全国平均水平的100 倍，平均寿命不足 50 岁（《重金属污染触目惊心》——人民环保网 2011.2.22）。

水污染严重。据国家环保部发布的《中国环境状况公布》称，全国对近 14 万公里河流进行评价，近 40% 的河水受到严重污染；全国七大江河水系中 V 类水质占 41%。而国家环保部发布的另一项重要调查显示，在被统计的我国 131 条流经城市的河流中，严重污染的有 36 条，重度污染的 21 条，中度污染的有 38 条。

水污染直接危害的是百姓饮水安全。与国家环保部门披露的全国地表水源不达标城市占检测目标的 34% 的残酷事实相同时，水利部也披露一组令人惊心的数字：目前全国有 3.2 亿农村人口饮不上符合标准的饮用水，其中约 6300 万人饮用高氟水，200 万人饮用高砷水，3800 多万人饮用苦咸水，1.9 亿人饮用水有害物质超标。

空气质量甚差。我国东部地区城市细颗粒物污染严重，平均浓度超过发达国家的 4～5 倍。长三角、珠三角等城市灰霾天气出现频率普遍增加，面临光化学污染的危险。三分之一城市人暴露在超标的空气环境中。25 个城市中 18 个城市有酸雨。

开发过度。在我国，好多东西只要有利可图，是不管它是否可持续发展、是否可顾及子孙后代的，以至于出现诸如土地开发过度、矿产开发过度、水电开发过度、旅游开发过度等问题。我国最早的玉门油田因石油枯竭搬迁了，玉门市也搬迁了。我国生物多样性最丰富、生态保护压力最大、地质灾害最为频繁的地区——西南地区，由于集中了我国 75% 以上的水能资源，结果全国 13 个水电基地中的 8 个、2.7 亿千瓦装机容量中的 2 亿千瓦分布于此。九龙江是闽南地区的母亲河，流域全长 2000 公里，流域面积 1.47 万平方公里。但它已经被切割成数百个不连续、非自然的河段，超过 1000 座的水电站横锁其中，造成生态破碎，河流生态已完全改变。2009 年春节前后爆发了严重的甲藻污染，沿岸漳州、厦门数百万民众饮用水受到威胁。

长白山保护区内有大小入区路 113 条，纵横交错，被反复踩踏形成的步道几乎遍布整个保护区。为旅游开发而修建的直达长白山顶的盘山公路，破坏了长白山生态系统的完整性。2006～2008 年，长白山管委会共组织了包括办公大楼、长白山科学院、长白山博物馆、蓝景带斯酒店、水坝电站、西坡换乘中心，以及未完成的长白山会展中心、医院、客运站等总计 62 个重点项目，将保护区全力打造成"世界级的旅游胜地"。规划了 49 处景区、景地，不少已深入保护区法律法规明令禁止的核心区和缓冲区。旅游开发规划的目标可谓宏伟：2010～2012 年，成为东北旅游的龙头老大；2013～2015 年，成为北国度假天堂；2016～2020 年，成为东方"阿尔卑斯山"。计划建造五星级酒店 11 家、温泉度假村 15～20 家、滑雪场 5 家、高尔夫俱乐部 5 家，等等等等。我想，如果这样，长白山可能是面目全非，体无完肤了。

我去过"山水甲天下"的桂林两次。第一次是在 20 世纪 90 年代后期，那时，漓江风光还可以，水清、景美，人陶醉在自然景色中，舍不得离去。可第二次去，情况就不同了（顶多过了五六年），全长 80 多公里的漓江，只见游船一只接一只，在漓江涌动，想拍一幅好景都不容易。听导游说，光桂林市这边的游船就有 300 多条。我想，要是包括阳朔的更不知有多少了。江水也没以前清澈了。哪能清澈得了呢，你看每条船上用餐后都在江里洗碗洗碟，能有清的水吗？江底的石头也变黑了，可能是水中的一些沉淀物污染的吧！看到一两条载有鹭鹚在岸边的小船，我打趣道："以前鹭鹚捕鱼给主人，现在主人可能要在市场上买鱼给鹭鹚食了。"不是吗？几百条游船天天在江上滚动，水中能有多少鱼？

环境事故频发。据环保部调查显示，近年来，我国处于环境污染事故高发期，尤其是水污染事故，每两三天发生一起。据监察部统计，近几年全国每年污染事故都在 1700 起以上……

还有空气污染、噪声污染、油污污染、尾矿污染、土壤污染、化学品污染等等等等呢？

况且，污染容易治理难啊！好的环境是多少金钱也买不回来的啊！

呜呼，青山在哭泣，江河在流泪，大地在呻吟。国人吸不到新鲜的空气，喝不到干净的水，吃不到放心的肉、菜和食品，怎能不是到了最危险的时候，又怎能不发出"还我河山"的呼声呢？

2012 年 1 月 19 日

是世道变？还是人变？

　　一次，我听一战友说，他家乡有个人有次跟人家说：现在不知怎么回事，很长时间没有听到天公打雷了，有的只是闪下闪下的；公鸡也不敢叫了，只是伸了伸脖子……。我插话道："是世道变了吗？"战友说："哪里？那人自己耳聋了不知道。"

　　看来，是这个人变，不是世道变。

　　但是，在现实生活中，有些事情是难以分清是世道变还是人变的——

　　譬如评奖吧。现在，有些奖项令人云里雾里了：一个奖项，除了设有一二三等奖外，还设有优秀奖，你能分清到底哪个是上乘的？我看谁也不清楚，只有颁奖的部门自己知道。还有的更离谱：本应是本份的、应该这样的，也被作为奖励了。如有关部门搞的"无毒社区"，有关部门搞的"无黑网吧社区"等。按这样下来，可能"无凶杀案社区"、"无黄赌毒单位"、"无贪污受贿单位"等牌匾，也可以大张旗鼓地挂上墙壁了。

　　又譬如，对一些案件的处理，明明是盗窃犯偷了东西装上车了，被发现截了回来，连人带赃物捉住，人证物证俱全。可送到上面被告知，因还没销赃，属偷窃未遂——疑犯无罪释放。你说奇怪不奇怪？据说现在小偷入屋盗窃，屋主发现后追赶，搞到小偷跳楼，假如摔伤了摔死了，也要屋主赔偿。这到底是在保护谁？到底谁是受害者？

还有一些事，如游人擅自到江河湖泊、沼泽鱼塘，甚至是一些公园的池塘玩耍、游泳，自己不小心给淹死了，其家人也要向地方政府或公园管理处索赔。一些律师和法官也支持这些人，说你没有竖立"此处禁止游泳"之类的告示牌；有的有告示牌的就说你字体不够大或牌子不够显眼、醒目，总之要找到理由让你赔偿。我住所附近有个郊野公园，公园里面有湖，据说每当湖里出事，该湖的属地政府就要吃官司。我想，政府有钱赔得起没什么，要是私人赔的就惨了。

甚至还有一些见义勇为的、扶危救困的，也有可能会不明不白地吃上官司。呜呼，这到底是怎么回事？难道真的是世道变了吗？

我想，天不变，道亦不变，是我们有些人变了。这些人，有的是所谓的"律师"，有的是所谓的"专家"，有的是所谓的"法官"。他们掌握了话语权，"吃里扒外"，"拗出唔拗入"（广州方言，意为帮外不帮内）。而我们有的地方政府，为了安定，为了维稳，为了怕麻烦，也抱着"多一事不如少一事"的心态，退让了，接纳了。这样，此事是"解决"了，殊不知，却为彼事、那事、这事、诸如此类的事提供了背景，滋生了土壤。搞到社会混乱，是非不清，"医闹"、"厂闹"，甚至"校闹"、"园闹"也屡见不鲜。致使有的医护人员上班要带钢盔，有的医护人员跑到法院"抗议"……。因此，怎样才能打击这些现象，解决这些问题，我认为，政府部门要挺力（不只给力这么简单），公检法要履职，有关部门要作为。不然，像这样混乱下去，像这样发展下去，不仅是人变了，可能真的是世道变了……

2012 年 2 月 21 日

"整齐划一"

　　"整齐划一"，是部队的口号，也是部队的管理理念和模式——即要求所有的东西都要堆放得整整齐齐，有条不紊，美观、大方、得体。记得 20 世纪 70 年代当兵，我们在新兵连个把月，就是学习和训练队列：立正、齐步走、跑步、敬礼、还礼；学习训练扛枪、枪放下、持枪卧倒、出枪、瞄准；学习训练叠被子、打背包、挂蚊帐、挂毛巾、放牙刷牙膏肥皂口缸等。这是应该也是必须的，因为部队是一个战斗整体，行动需要军事化、现代化，需要"整齐划一"，步调一致。

　　地方不同于部队。它需要休闲、舒适，需要多姿多彩，需要和谐协调。但想不到的是，这些年，有些人把部队的管理模式拿到地方，应用于社会管理，要求一个地方"整齐划一"，要求一座城市"整齐划一"，齐切切，井井有条。前些年，有的部门规定，每个乡镇只能有 2 ~ 3 家歌舞厅，超过的就不批；每条街只能有多少家发廊，并且每家距离要几十米，不符合规定的也不批。这不是在开玩笑吗？都市场经济了，他经营得下去的就做，经营不下去的自然关门，你规定人家干什么？这不是变相"卡"人家吗？还有的规定某些行业要统一着装，如扫大街的、擦皮鞋的、收破烂的等等，店铺要统一招牌（我去年过去一个什么地方，真的统一招牌，家家店铺如此，故此一点印象都没有）。要是价钱低的还可以接受。价钱高的，比人家找别人做的高的，谁能保证你这个部门没有从中收益？

还有的地方更离谱，为了让地方（城市）看起来漂亮、美观、"整齐划一"，全不顾民声民怨，不顾及当地水平，搞"超前"，如"禁摩"、"禁电动车"等，搞得劳民伤财，怨声一片。特别是一些买不起小车、用摩托车作为运输工具的人，现在只好"走回头路"，用自行车运送东西了。

我们的一些领导和部门热衷于"整齐划一"的社会管理，可能是把它作为一项政绩去看待的。你看，"我这里多好啊，什么都统一，什么都规范，整整齐齐，有条不紊。"这样，好像脸上很光彩，很神气。殊不知，有些事是不能作硬性规定的，尤其是涉及民生民惠的事，涉及经济发展的事。像上面提到的规定一个乡镇多少家卡拉 OK 歌舞厅，规定一条街多少家发廊等，难道不是在"卡"、"压"经济的发展吗？

统一标准，统一管理，这些年不仅一些地方政府在干，一些部门和行业也在干。像统一馒头标准，统一包子标准，统一粽子标准，乃至统一炒饭标准什么的，不是显得滑稽和荒唐吗？早在上世纪 80 年代，著名电影演员、电影表演艺术家赵丹去世前曾经说过："管得太具体，文艺没希望。"这里，我想补充说的是，像这样管法，何止是文艺没有希望？什么都没有希望！

近日，被媒体闹得沸沸扬扬的湖北省水利厅，发文对整治塘堰后立碑的石碑规格、碑文等作统一要求的事，一些领导和部门不妨反思一下。不然，什么都去管，什么都要求"整齐划一"，始终要闹出笑话来。

2012 年 2 月 22 日

不要迷信专才和专家

二十多年前，某市有三项大的工程，据说设计是全国一流的。结果，过不了几年，全部落后于形势。

一项是多功能的、综合性的影剧院。这个影剧院，将原来的旧剧院拆掉，重新布局、重新设计、重新打桩。据说是多功能的、综合性的、全国一流的。结果，建好了不到几年，由于周围的交通道路少，每当演出（或放影）前和散场后都造成人车挤堵，后又因形势的发展，不得不被淘汰。

一项是汽车站。这个汽车站，也是综合性的、全国一流的。结果由于靠近主干道，又是繁华地带，天天造成塞车。不到几年，也被迫搬迁淘汰。

第三项是一条大道。这条大道，长三四公里，双向8车道，据说当时也是全国最宽的公路。然而通车后，由于过往车辆多，还是经常挤拥。现在虽不至于淘汰（也不可能淘汰，因为是国道），但设计严重滞后。

就是从这几项大的工程中，我当时就得出这样一个结论：在中国，你不要迷信专才和专家！

为什么这样说？我的理由是：一、我国所谓的专才专家，大多是"井底之蛙"，缺乏见识。他们虽然有理论知识、有书本知识，但由于体制等原因，缺乏见识，成了"井底之蛙"。俗语说"读万卷书不如行万里路"。见识见识，只有见识才能增长知识，正所谓见多识广。那时，出国考察、参观学习的只有领导，哪有专才专家出国考察的？有的，也只是极个别。这样，整天蹲在设计室里，没有见识，没见过世面，怎么能打开眼界、拓宽视野，设计出几十年乃至几百年都不落后的东西呢？十多年前，我在满洲里坐过俄罗斯的火车去赤塔，沿途每个上落点和赤塔站，都是沙俄时期设计建造的，距今虽三四百年了，但还没有落后。法国的下水道，建于1887年，长2300公里，下水道宽3米，两边还各有1米宽的匝道，以便于人员维护和维修。我们有多少设计人员和专家去过？

二是脱离实际，靠"想当然"。一些设计人员，设计前不做深入的调查研究，不是结合当地的实际情况，而是靠"想当然"，搞到张冠李戴，南辕北辙。前几年，我市各镇搞污水处理厂截污管网，面向全国招标。本来，山区的镇土质坚硬，开挖埋管后原土回填完全是可以的；而水乡的镇呢，由于地下淤泥多，又有流沙，非沙石、石粉或与水泥搅拌填埋不可。但一些设计人员却恰恰相反，山区镇石粉回填，水乡镇原土回填；而专家在评审方案时，又没有异议，一致通过。搞到在水乡镇中标的施工公司怨声载道。没办法，最后只好石粉拌水泥回填，大大地增加了工程造价，也严重地影响了工程进度。

三是缺乏主见，听领导的多。领导说在那里建桥，就在那里建桥；领导说在那里修路，就是那里修路，全没有自己的构想，没有自己的见解和主张。于是不是先有整体布局和规划，而是规划跟着领导走。即使领导交办设计一栋什么东西，也是"依葫芦画瓢"，没有特色，没有风格。以至于一些本来可以笔直笔直的道路因领导说了句"太直容易出事"、"曲一点肯发"之类的话而变成弯曲。不少城市的建筑物曾似相识，甚至是把"白宫"等完封不动地搬过来呢。

基于上述几点，所以我们有理由地说，不要迷信专才和专家。

2012年6月4日

少年不识常识嘢①

　　当今中国的少年，有不少问题值得注意，其中一个就是不识常识嘢，包括生活的和身边的常识。

　　引发我有这样感慨的，是亲眼目睹的一件小事。

　　那是今年元宵节期间，报上说桥头镇莲湖度假村旁的几百亩油菜花开得很好，每天吸引了成千上万的人观赏。于是我和妻子两人便开车前往。那天，我俩边观赏边拍照，完后正打算离开。正当儿，来了一家子人，有四五个。其中有个十四五岁的男孩，说："啊！这就是荷花呀？"旁边一个比他大三几岁，看上去像他姐的女孩连忙说，"是油菜花！"明明是来看油菜花，怎么会说是荷花呢？我非常惊讶。

　　记得读小学时，常有个别老师和村民讥讽"文革"前毕业的大学生。说什么"一年土，二年洋，三年不识爹和娘"。还说"城里人不知花生是长在地下的还是树上的"。我眼前这个十四五岁的把"油菜花"说成是"荷花"的少年，看上去分明是农村出来的，包括他的家人，并且也不是外地人，怎么会连"油菜花"和"荷花"

---

① 　嘢：广州话。人、事、物的总称。与普通话"东西"相同。

都不认识呢？我在想。

不仅少年这样。一些年纪稍大一点的，甚至是年轻人，也有这个毛病。我有一朋友，儿子快 30 岁了，一次看到母亲买了个木瓜回来，忙问是什么东西，是长在树上的还是生在地下的。前些年报上披露的一高中生读大学，由于不懂得生活自理，连洗衣服这样简单的事都不会做而不得不退学的情况，绝不是个别现象。我有个同学，女儿结婚几年了，现在是为人母了，还不懂做饭。母亲每次到外面做客，她不是跟着去就是让母亲打饭盒，还不觉得丢人。不仅对一些身边事和生活常识不懂，就是人生观、世界观、价值观、社会公德、家庭美德、伦理道德，我看也知之甚少。他们目中只有"我"字，个人主义横行，唯"我"独尊，以"我"为好恶，老子天下第一。这些年，少年弑父、弑母、弑爷爷奶奶的案例少吗？

有的人或许会说，小孩子从小不一定要知道常识、知道身边的事。好好读书，日后能成才就可以了。

殊不知，一些常识、一些身边的人和事，正是成才的基础。我们人类学习知识、探索世界、探知未来，正是从身边的事情一步一步开始的。幼儿时所接触到的东西，就要认识，就要善于用语言和文字（稍大一点后）表达出来，进而了解其成分、作用等一般的常识。以后，随着年龄的增长、知识的增加，接触的东西多了，就会慢慢去拓宽视野，从而感知和认识更多的知识。这是每个人的成长过程。很难想象，你不接触农业，会成为农业科学家；你不接触动物，会成为动物学家；你不接触植物，会成为植物学家。这跟"近朱则赤、近墨则黑"是同样的道理。

为什么现在的少年会这样？究其原因，我认为主要的有两个：一个是家长造成的，另一个是学校造成的。现在的家长，特别是独生子女的家长，生怕孩子冻着、热着、累着。轻易不肯让孩子干家务活，也不教孩子干家务活。使孩子从小养成了"饭来张口，衣来伸手"的坏习惯，以至长大后不懂得自理。有的则"望子成龙"，要让孩子参加各种各样的培训班、补习班，却忽视用身边的人和事去引导孩子、启发孩子、教育和培养孩子。致使一些孩子知识有了，但常识缺乏，生存技能缺乏，遇事蒙喳喳，憨居居。而我们的学校，由于实行的是应试教育，也顾不了这么多。反正是分数挂帅，成绩为先，因而只有认知，没有感知；只求"念口簧"，不求"为什么"。学校"植物园"这个认识植物的场所形同虚设，一些认识动植物的郊游、春游如同走过场，致使学生也学不到多少常识和身边的事。

中国有句古语，叫"少年不识愁滋味"。"不识愁滋味"是好事，它勉励少年勤奋、刻苦、努力。但"不识常识嘢"，就不是好事情了。"少年智，则中国智；少年富，则中国富；少年强，则中国强；少年进步，则中国进步"这个天之骄子名言启示录，在凤凰电视不知播了多少年（现在每天还在播），但不知是否能引起家长和学校的警醒？而纵观当今的现状，少年问题还是令人担忧……

2012 年 5 月 26 日

最差广东高速路

近五六年来，我和朋友自驾游，走遍了省内和周边的一些省份，如江西，如福建，如湖南，如广西，总感叹我们广东的高速路最差。

一叹休息站少。广东比较早的高速路广深高速，从广州至深圳全长120多公里。虽然设计时速120公里，但由于车辆多，加上沿途经常维修的地段多，开车差不多要两个小时。而沿途又没有一个休息站。不要说人要休息一下，车开足马力两个小时也要休息啊，何况人有"三急"呢？尤其是女同胞，上卫生间的次数多，没有休息站去哪里"解决问题"？我经常发觉车上的一些女同胞不敢喝水，可能就怕这个。

对高速路设休息站，我原来也不知情，因为广深高速毕竟是一条比较早的高速，是"新生事物"。1994年，我去韩国观光，看到韩国的高速路，每隔百来公里个把小时就有休息站，并且法规上强制司机个把小时要休息一次，哪怕你喝杯茶喝杯咖啡也好，才知道休息站的重要性和休息对于司机、对于车辆的好处。以后，我到过马来西亚，也看到沿途的高速路上，每隔百把公里个把小时就有一个休息站，以方便人们休息和解决问题。我想，这可能是国际标准的高速路设计吧！2003年去江西九江，从南到北当时没有一个休息站，但这些年有了，也是百把公里个把小时一个，并且提前在路牌上标示出来。而我们的广深高速，如果继续西行，现在只在云浮段才有个休息站。从深圳去那里要3个多小时。

二叹收费站多。广东的高速路，缺少休息站，而收费站却不少。特别是接近广州的一环、二环、外环，要经好几个收费站。本来，你的车子不下高速是不收费的，下高速才收费。那么，全程也只有一个收费站了。可广东高速路说"不"，你虽然不下高速，但段与段之间，"互不干扰"，也要收费。包括转一环、转二环、转外环，包括机场路；东面的包括汕尾，包括陆丰。真是各打各的锣，各敲各的调，几乎每个路段有收费站。这样，高速路可能并不怎么高速了。

三叹发展速度慢。广东高速，尤其是广深高速，可说是国内建得比较早的高速公路。可时至今日，几乎第一个建高速路的省份，高速路发展却慢如蜗牛。连接省外的，梅州到福建龙岩的未通，怀集到贺州的未通，阳山到永州的未通。连州到郴州的通了，也只是次高速。2003年我自驾游去江西庐山，当时江西只有南北和东西两条高速路，而2010年去武功山（萍乡）和明月山（宜春），却发现他们的高速路四通八达，其中吉安和赣州就各有一个大的高速路枢纽。

为什么我们的高速路建的最早而发展缓慢呢？我当时想，可能广东的高速路是私人投资的，而其他省份是国家投资的吧？记得当年的广深高速，不是香港商人胡某某投资的吗？私人投资缺乏全盘考虑，赚到钱了，再建一段；而国家投资，首先设计好、规划好，有个整体布局，肯定就顺畅、美观。但后来上网，发现都是各省高速路集团公司负责投资兴建的，我更不知道是什么原因了。

广东高速，加油啊！

2012年6月25日

南岭也比莽山差

说起广东的不是，我认为还有一件事要说的，那就是南岭国家森林公园也比湖南莽山的国家森林公园差。

这一感慨，是我当年游览完莽山，直接从莽山经南岭森林公园回广东时发出的。

那年五一长假（也许有五六年了），我朋友的朋友邀请我朋友去连州和莽山旅游，我朋友叫我和妻子一起去。连州我倒去过几次，但莽山没去过，便和朋友几家人一起前往。我们第一天中午到达连州，吃过中午饭后，去游地下河，晚上住连州。第二天早餐后，朋友的朋友带我们参观了他承包的一个小水电站和一个小矿山，然后再上莽山。到达莽山时，已是中午 12 点多了。中午饭后，我们下榻在莽山度假酒店。由于莽山景色迷人，气候宜人，所以大家中午不休息就进山游览了。我们先到鬼子寨，再到天台山，然后折回来去猴王寨。无论去哪一处，除了奇山奇石奇峰奇松景色迷人外，就是设施完善。有台阶，有栈道，有亭台。并且开发有好些年份了，因为我看到有些设施已坏掉，有些正在维修。我当时想，莽山搞得这么好，值得一游，为什么媒体不早点宣传介绍呢？早点宣传，早点推介，我们也可以早点来啊！

次日，我们吃过早餐后，要回去了。朋友的朋友说，你们由莽山走，就可以出去了，因为莽山与南岭森林公园连在一块，不必再从连州回去。这个我是知道的。因为一年前我在报上看到，莽山与南岭实行一票通，无论你在南岭森林公园买票，还是在莽山森林公园买票，都可以过去。

与朋友的朋友道别后，我们就开车起程了。沿着进入莽山的水泥公路，我们一路往前开。约摸过了半个钟头，开到一个拐弯处时，看到这里还有一两间宾馆。宾馆前面是一个十分开阔的地带，有数家食肆和店铺。开阔地最远处是一个大坝。我们便把车子停下来，沿山路往大坝方向走。来到大坝，看到一个大水库，便上堤坝把水库看了个遍。这是意外的收获，何乐而不为呢？

看过水库，折回停车场后，我们继续出发了。沿着水泥公路走了不久，水泥路没有了，只有泥路。兴许，这是南岭和莽山交界的地方了？果然，走了不久，又有了水泥路了。又不久，到了南岭森林公园门口了。要让我们买门票的是两口子加一个小孩（小孩在地上玩）。我一看，就知道这门票是他们一家人承包的。我问，我们只是经过，也要买门票？他俩说，你们也可以去看景点啊！我刚才在车上看到亲水谷、小黄山等景点就在眼前，并不怎么起眼，也没什么特别的设施（如栈道、楼台亭阁等），哪能比得上莽山的景色呢？加上朋友们回家心切，且没有吃中午饭，怎么会去游览这边的景点呢？而卖门票的两口子，不给门票钱不放你走，我们只好掏口袋了。

出了南岭森林公园门口，看到右边有一两排粉红色的房子，很是简陋，名字写的却是酒店。我想，你哪能比得上莽山呢？

再回头看看公园门口的那块长长的牌子，写的是广东省乳源林业局。我想，之所以南岭比莽山差，可能是体制和管理上的问题了。

2012 年 7 月 5 日

限速也应听证

谈起交通道路的限速，六七年前，我就跟身边的朋友们说过，限速也应听证！

不是吗？在我所居住的这座城市，交通网络四通八达，什么环城路，什么沿江路，什么莞深高速、东部快速、西部快速、松山湖大道等等，还有镇村一级的，星罗棋布，且条条大都是单向三四车道、四五车道。市辖下镇与镇之间，不管从南到北，还是从东到西，最远的距离也只不过个把小时。但由于限速太多，且都装有摄像头，被拍到的每次罚款 200 元，你有急事也不敢冒这个险。因而时而 80 公里，时而 60 公里，有些路段甚至 40 公里。这样，本应个把小时的路程变成两个多小时了。

限速，根据路面宽窄和车流量的多少来限速，是对的，也是必须的。但现在的问题不是根据路面宽窄和车流量的多少，而是全凭一个交警部门说了算。不少单向三四车道的路、车流量并不多的路，只能开 60 公里，四五十公里，致使常常有些路段造成人为拥堵，白白浪费了道路资源。这还不算，它还容易造成驾车人分心、劳累。因为行驶时眼睛既要看路面，又要看摄像头，更要看车内的时速表，唯恐哪里少看了一眼。几年前，市里有个政协副主席针对这一问题在"两会"上写了个议案，说现在市民开车要用"六只眼睛"，太劳神了。要求把限速调高一二十公里。

我经常想，这些年，各地政府为了修桥筑路，为了拓宽路面，构建"半小时生活圈"，方便当地经济发展和市民出行，花费了多少钱啊！本来，路宽了，路好了，应比原来方便快捷才行，为什么交警部门却处处设"限"，唯恐人们走得太快？这不是与政府的初衷相违背吗？我曾问过交警部门的同志，条条道路限速，你限速的依据是什么？答曰："《中华人民共和国交通道路安全法》"。我说，按道路交通安全法也许没错，但在具体的执行中，是否按实际情况分类呢？如国道、省道、县道的标准，现在珠三角一带，不用说市道县道，就是乡镇村级的道路，我看也比以往的国道省道宽和好。如果不从实际情况出发，一味照搬交通安全法，乡镇村一级的道路，管它是单向三车道四车道，岂不是也只能时速四五十公里？

现在的问题正是这样。不少镇级的道路，虽然是单向三四车道，而且车流量不大，但照样限速60公里，有的甚至是四五十公里，严重浪费了道路资源，群众说"无谱"。市政协副主席呼吁也没有起多大的作用，遑论一般平民？如果由交警部门一家说了算，他巴不得条条路限速，条条路装摄像头。这样可以多创收嘛！君不见，曾几何时，有好事者专门统计了某路段的一个摄像头，报料说平均每小时有多少辆车超速被拍，一年下来可创收罚款上千万吗？一个摄像头如此，那几十个上百个摄像头呢？由此可见，限速也应听证。像电费涨价水费涨价那样召开听证会，广泛听取和征求社会各界人士的意见，不能由一个部门说了算，并不是没有道理的。

2012 年 8 月 16 日

何时不再"一刀切"

有这一感叹，始于上世纪 90 年代末期。

那年，公安部门不分东南西北中，要求全国的所有机动车必须安装防雾灯。不装，检查到的，一律罚款、扣分。刹那间，宣传安装防雾灯的规定铺天盖地，安装防雾灯的汽修厂生意火红。有的还要排队。我当时想，全国面积这么大，怎么能不分东南西北，作统一硬性要求，搞"一刀切"？像我们广东这样，特别是珠三角、粤东粤西平原，一年中的大雾天气没几天，且能见度也不低，装防雾灯，用得着吗？并且，许多汽车（特别是进口汽车）我相信也有这个装置，怎么能一律强制执行呢？而一些雾大雾多的地方，像雾都重庆，包括有沙尘暴的地方，如果你大雾天沙尘暴天强行上路，恐怕即使装上三四盏也一样没用啊！后来，多次见到宣传部门的主管，我便打趣道：公安部门装防雾灯，你们宣传部门也可以装节日彩灯啊！建议中宣部也发文，要求所有车辆装上节日彩灯，一到节日全部打开，多壮美？表示形势大好，到处莺歌燕舞嘛！有何不可的？

说笑归说笑。"一刀切"的工作方法和管理方法在一些部门和单位还是挥之不去，时不时会冒出来。例如 2001 年教育部门搞的所谓"教育改革"——"撤点并校"，以一种近乎疯狂的态势横扫了中国广袤的农村，使"村村有学校，皆闻读书声"的中国农村小学减少了 30 多万所，比原来少一半多。说这样做会使城乡教育资源配置更合理，会提升教学质量，会减少城乡教育差距云云。结果适得其反，不但没有使教育资源配置合理，教学质量提升，城乡差距减少，反而加重了农民负担，学生辍学率上升，校车事故频发（见百度共和国辞典：撤点并校，腾讯历史）。又如设置公交专用车道。许多交警部门对设置的三个条件不提（1.路段单向机动车道 3 车道以上；2.公交客运量大于 600 人次/高峰小时，或公交车流量大于 150 辆/高峰小时；3.路段平均车道断面流量大于 500 辆/高峰小时），在一些公交车并不多的路段，甚至是乡镇，也设置公交车专用车道，还安装摄像头。没有安装摄像头的，由专人在车辆高峰期进行拍摄。造成道路资源的严重浪费，以至其他车道常常堵车。特别是小车多的城市和地方，市民对此反映强烈。

实事求是！一切从实际出发！这些话，这些口号，我们党喊了半个多世纪了，改革开放，解放思想，也有三十多个年头了，为什么我们还有一些部门在办事情、在推广工作中搞"一刀切"？究其原因，恐怕一是有的主政部门公权力的思想在作怪，发号施令全靠想当然，从不征求民众的意见和意愿。"我的意愿我作主"，"我想干啥就干啥"。二是有的喜欢"一刀切"，求大求全。管你条件不条件，管你实际不实际，总之统一就好，按所谓的"规定"办就好。三是把每项工作作为形象工程，作为政绩。以至层层推进，级级考评，认为这样就有面子，才脸上有光。四是有的基层单位，有利益的抢着干，没利益的放一边。像设置公交专用车道，管你符不符合条件？管你公交车有没有用这条车道？我反正设了，装上摄像头，料你社会车辆不敢来。

以上几点分析，也许是以小人之心度君子之腹。但笔者的意愿，是凡事不要搞"一刀切"，不要"一窝蜂"。而应要实事求是，因地制宜，具体情况区别对待。这样，才显得和谐，实际，以便更好地协调发展。

2012 年 8 月 8 日

实事求是咋这么难？

实事求是，一切从实际出发，因地制宜，因人而异，不"一刀切"，不"一窝蜂"，不"一锅煮"，不"一锅端"，这是我们党的好传统，好作风，好的工作方法。然而，就是这么个好传统好作风好方法，这些年似乎难以做到了。如若不信，请看下面几个事例——

事例一：前些年，某地消防部门规定所有的行政村都要配备一台消防车。如若不配，要问责。要知道，配备一台消防车，需要多少钱啊？平时还要保养、维护和人员配置呢？更为关键的是该市各行政村距离所在镇的中心区几乎不到半个小时。这样，每个镇已经早有消防队了，还要村也配置消防车？我看这完全是多余的。倒不如要让各镇再增加一两台消防车来得合理和科学。然而，多余还多余，反正就是这样要求了，下面不得不执行。据说有些村没这么多钱，只好买部手推的小型的凑数。

事例二：也是消防部门，也是前些年，要求所有化工、家具等企业，车间要配置喷淋设备。否则，消防一律不过关。"喷淋"，"喷淋"，在我看来，刚装好几个月或者还可以，但随着时间的推移，它会氧化老化，会失灵。再说，"喷淋"的水有多大？即使起了作

· · · · · · 035

用，它能将火势扑灭吗？多少酒店着火（如焦作市的某歌舞厅大火，汕头市某一酒店失火），不是有喷淋吗？不是照样烧死人？实事求是地说，安装喷淋只不过是一个摆设，是所谓的消防专家在办公室想当然的结果，实际上是起不了作用的（由于水管水压等问题，有的地方消防车去到现场，消防栓连水都没有呢！何况"喷淋"）。倒不如要求企业多配置一些灭火器，多放几包沙子来得实际！然而，上面就是这样规定的，你企业敢不执行吗？如要执行，搞喷淋，又要白花多少钱啊？

　　事例三：某地治安一直比较差，群众缺乏安全感。新上任的公安局长为了扭转这种局面，要求各行政村配置两条以上的狼狗，用狼狗来巡逻，用狼狗来护村。"用狼狗来巡逻"，"用狼狗来护村"，这个创意好是好，但行不行得通？实用不实用？我看是行不通和不顶用的。首先，狼狗只会吓唬人，真正碰到盗窃犯抢劫犯，你敢放狗咬人吗？若是咬死咬伤，谁负责赔偿？既然不敢放狗咬人，犯罪分子以后也会不再害怕你有狼狗了，照样可以招摇过市过村了；反过来，可能好人还受到惊吓呢，狼狗有什么用？第二，养只狼狗的费用多大？何况不止一只，而是两只以上呢？第三，还有人员呢？不止喂养这么简单，还要清洁、护理，还要调教、训练，一只狼狗没有两三个人驯养行吗？如若不训练，它就不成为狼狗了……就是这么简单、这么朴实的道理，而主政者却一点都不懂，一意孤行，极力推进，全面开花。

　　上述这些，市民百思不解，我也无言以答。

2012 年 11 月 8 日

死过^①"大跃进"?

20多年前，那位曾经说过"现在连厕所开张也要请饮啊！"的老同志，还跟我说过这样的话："现在有的地方死过'大跃进'啊！"

稍懂点历史的人都知道，"大跃进"时期搞的是"假大虚"——"假"，造假，做假象；"大"，干什么都要大，如大炼钢铁、大办铁路、大办猪场鸡场等；"虚"，就是虚报、谎报，粮食亩产一千斤说成一万斤，甚至两万斤，"无谱"！而现在有的地方死过"大跃进"？我当时好愕然。

想不到20年后，那位老同志说的话却一语成谶，且有过之而无不及！

先说说"假"吧！现在的弄虚作假，造假象，几乎涉及各个层面、各个领域，什么"漆绿门"，什么"周老虎"，什么"曹操墓"，真是你方唱罢我登场，一出接一出，一出比一出有创意，一出比一出有看头。至于那日常生活中的假烟假酒假药，假证件假文凭假身份，更充斥着每个角落，使你真假难辨，无所适从。让人不解的是，

---

① 广州人特有语调。两层意思：一是"胜过""赛过""犀利过"；二是含有"惨"和"倒霉"的味道。

现在有些人嫌"真"的不"过瘾"，不"耐看"，竟在自己身上造假了，什么"假乳房"、"假屁股"、"假面孔"、"假鼻子"、"假眼皮"的，都无所谓了。你看，造"假"成风，造"假"流行，不是死过"大跃进"吗？

再说说"大"吧！"大跃进"时期，逢事必提"大"，诸如"大炼钢铁"、"大修水利"、"大办铁路"、"大办猪场鸡场"什么的，每件事情前面必加个"大"字不可。现在呢，也如出一辙。如搞农业，就会成为"大搞农业"，搞工业，就会成为"大搞工业"；"开发"会成为"大开发"；"发展"会成为"大发展"；"建设"会成为"大建设"。还有要建设成××大县，××大市，××大省之类的，真是不一而足，眼界大开。并且许多已付之行动，力争做"大"做"强"，成为"之最"、"第一"了。前些年，我去河南焦作，见一十字路口有个硕大无比的圆盘，导游介绍说，这是亚洲第一大圆盘（其实，路口设置圆盘，是不科学的，只不过是领导个人意愿喜欢罢了。科学的做法是设置红绿灯），似乎好自豪的；后到了云台山景区停车场，又说"这是亚洲最大的停车场"。那神情，那气派，似乎比领导还高兴。前不久，我到大庆，住大庆宾馆，宾馆旁有一电视塔。导游也说，20世纪80年代期间这个电视塔是亚洲最高的电视塔……现在，不仅大，而且高。许多城市的高楼拔地而起，也不根据当地财力实力，竞相争高，有的还说要高过迪拜的"哈利法塔"，真是"欲与天公试比高"了。还有演唱会的场地和舞台，乃至主持人，不是也一个城市比一个城市大，主持人一个地方比一个地方多吗？

最后说说"虚"吧。"虚"，就是虚假、虚构、虚报、谎报。明摆着GDP没这么多，硬说成有这么多；居民收入没这么好，硬说成有这么好。有的甚至只讲总数，不讲平均，或者平均大打折扣。我看到有篇文章，对全国粮食连续9年大丰收提出质疑。作者说自己家乡是产粮大省，每年不是干旱就是洪灾，怎么能连续9年大丰收呢？有个城市，抢劫、抢夺、杀人等恶性案件经常发生，其他治安案件也不少，市民上街都不敢带手袋以及饰物，担心不知哪一天会临到自己，生存环境缺乏安全感。可就是这样一个城市，被评为"全国社会治安综合治理先进市"。名声虽然在外，但你如何服得了当地市民？也许在主政者看来，管你市民不市民，只要我们得到上面赞许、嘉奖就行，就是脸上有光……

谁都知道，"大跃进"是错误的，是祸国殃民的，是应当否定的。但为什么"大跃进"的遗风还在，甚至是愈演愈烈？依笔者看来，一是政绩观在作怪。要出政绩，就会绞尽脑汁想尽千方百计去想办法，出主意，但忘记了"有所为，有所不能为"。君不见，有的地方因为发展没有财力而要机关企事业单位的工作人员集资吗？二是"假大虚"有市场，有土壤。一个愿挨，一个愿打，你肯我愿，相得益彰。三是由于种种原因，或机制缺失，或考核走过场，或被假相蒙蔽，不少"假大虚"者确实得到重用，得到提拔，得到升迁，这样，何乐而不为？由此看来，要真正扫除"大跃进"的遗风，给"假大虚"者无市场，无土壤，还要做很多方面的工作和改革。

2012 年 10 月

好在老朱不理事

　　每当谈起现在的机构设置和人员配备，我都会说，好在老朱（我辈应称之为朱老了）不理事。不然，正如广东话说的"会夹生激死"。

　　不是吗？想当年，俺老朱大刀阔斧搞改革，痛下决心，"不管前面是地雷阵还是万丈深渊，我都将一往无前，义无反顾，鞠躬尽瘁，死而后已。"那时，采取分流与撤并的方式，给你3年时间，可以下海，可以读书，可以自谋职业，各显神通。据介绍，至2002年6月，经过4年半的机构改革，国务院组成部门由40个减少到29个，部门内设司局机构减少200多个；省级政府机构设置由平均55个左右减少到40个左右；市（地）级政府机构由平均45个左右减少到35个左右；县级政府机构由平均28个左右减少到18个左右。全国各级党政群机关共精简行政编制115万名。市乡县在机构改革中还清退超编人员约43万人（2002年6月20日新华网）。这可算得上历次机构调整中裁减数最多、影响最大的一次。

　　看今天，虽然也进行了两次机构改革，可越改革，机构越多，人员越膨胀。现在的实际情况，一是部门设置过多过细。过去许多事情一两个部门可以搞掂的，现在要分好几个部门才能完成。形成推诿责任多，工作扯皮多，问题解决难，群众办事难。昔日办个项目办件事情一两日就能行的时光不再。二是副职多。特别是实行大部制改革后，报上披露的一个市上 10 个副秘书长、一个县上 10 个副县长、一个部门上 10 个副局长（副主任）并不是个别现象。因为要升迁、要照顾、要待遇，而又没有这么多正职位置，只好往副职的"箩筐"里装，管他有没有那么多事管，有没有那么多事干。三是编外人员多。除了"正规军"，除了"临时工"，还有"协管员"。名目繁多，品种多样，反正是"吃财政饭"、"拿财政工资"的，人员越来越庞大。现在，不用说市县一级，就是乡镇一级，不少乡镇"吃财政饭"的也有一千多号人。有的村，包括工青妇，包括治安环保城建，包括社保安监卫生等，也有几十甚至上百人。级级比 10 年前不知多了多少倍。你说，要是朱老理事看到今天这个情况，不活活气坏气死才怪！

朱老不理事，但是人民理事，百姓理事，"纳税人"理事。你用"纳税人"的钱养着、供着，并且越来越多，却不怎么为人民办事，为百姓办事，群众还是感到办事难，群众百姓就有权利说"不"！近年来人们对各地机构改革"精简—膨胀—再精简—再膨胀"的怪圈进行猛烈抨击，以及由此引起的政治笑话与讽刺，就是人民理事的结果。"水能载舟亦能覆舟"。祈望"肉食者"们继续学习和领会邓小平同志 1982 年 1 月 13 日在中共中央政治局讨论中央机构精简问题会议上的讲话——《精简机构是一场革命》，继续解放思想，勇于创新，敢动真格，切切实实将精简机构这场革命搞好，使百姓们真正满意。

2012 年 8 月 14 日

世上最难做的官

就在董建华当上香港特别行政区特首后不久，我对身边的朋友说，世界上最难做的官是董建华！

何以见得？我的理由是：一、在香港这个所谓自由、民主的地方，以前有什么事市民不敢骂英国政府，只能骂港督；同样，现在董建华任特首，香港市民有什么事也不敢骂中央政府，只能骂董建华。二、董建华是"磨芯"，他既要对中央政府负责，又要对香港市民负责，即既要面对中央政府，又要面对香港市民。三、更重要的一点，是香港刚刚回归大陆。而对回归大陆后到底怎样，香港市民还忧心忡忡，前途渺茫，生怕中央政府统得过细过紧，以致揾食艰难，自由缺失，比不上英国政府。到头来，董建华又成众矢之的。你说，世界上最难做的官，不是董建华是谁？

假如是我，或换个其他的人，是无论如何也不接受这个职位的。你想想，堂堂的"船王"，享誉世界，风风光光，潇潇洒洒，不愁吃，不愁住，不愁花，自由自在，远离政治，与世无争，无官一身轻，多洒脱啊！谁希罕做你一个特首，并且是被人骂的特首？弄不好，家族的生意受影响受损失不说，还影响了自己的名声，那会多狼狈啊！然而，也许是"一不做，二不休"，也许是"天将降大任于斯人也"。受命于危难关头，董建华上任后尽忠职守，廉洁奉公，几年下来带领香港市民不仅抗击了金融风暴，抗击了"非典"，还使香港走上了平稳发展的轨道，香港市民安居乐业。连选连任后，他更致力于加强与内地的经贸往来，推出"香港自由行"、"泛珠三角 9+2"等举措，把香港建成世界上最具发展潜力的地区之一，成为首位成功贯彻"一国两制"的执行者和实践者。而我们当时在电视上看到，上任之初风光满面精神矍铄的董建华，上任 3 年左右就眼眉花白，神情疲惫了。那都是劳累所造成的啊！

　　世界上最难做的官董建华不仅做了，而且做得很好。那么，董建华靠的是什么？靠的是勤奋，靠的是刻苦，靠的是实干，靠的是特区官员的同心协力和中央政府的支持。就任特首后，他每天早上 7 点上班，深夜 11 点下班，因而在此后的 8 年中博得了"7-11"的绰号。在香港经济陷入困境后，他甚至变成了"4-11"。"香港是我家。我出任特首，是希望能够尽我的力量，在香港面对重大的历史性时刻时作出贡献。""八载风雨路崎岖，市民的痛苦、忧虑和他们对政府的期望，我未有一刻忘怀，为疏解市民的痛楚，我鞠躬尽瘁，从来不敢一日懈怠……我有幸在香港特别行政区行政长官这个特殊的位置上报效国家，服务香港市民，这是我一生的光荣。"

　　时下，官场上不少人感到官难做，特别是说群众的工作难做。我说，有董建华那样难做吗？董建华在那样一个地方，在那样一个社会背景下，都做了而且做好了，我们共产党人，有什么做不好或做不到的？看来，我们不妨好好学学董建华。尤其是一个地方、一个政府的领导，看看董建华是怎么做官和做人的。

2012 年 8 月 22 日

慈母多败儿

　　也许在二三十年前了，不知在哪本笑话集里，我读到了这样一则笑话：有个小男孩十分懒，平时只会衣来伸手，饭来张口，什么都不做，也不会做。一次，父母要外出什么的，需要十日八日才回来。父母怕他挨饿，便做了一个大烧饼，挂在他的脖子上给他吃。原以为有这样一个大烧饼，他会没事的。想不到回来后，儿子饿死了。原来，他儿子只吃了脖子前面那点可以吃到的烧饼，其他左右后面的，他懒得用手动一下，就这样饿死了。笑话归笑话，当时读了，也就一笑了之了。

　　想不到近日读报，现实生活中确有这样的事情。报道说河南一个 23 岁神志正常的小伙子，居然活活饿死在自己家里。

　　这小伙子叫杨锁，父母对他十分疼爱。杨 13 岁那年，父亲因为肝病去世，母亲仍然宠着他，一点农活也不让他干。到后来，杨母的身体越来越不好，不得不叫杨去干活时，杨就根本不干了。18岁那年，杨母也因病去世了。母亲去世不久，杨便卖光了家里所有值钱的东西，最后就到村里各家讨饭吃。"他从来不洗衣服，穿脏了就扔掉，再换一件。村里人给他的肉菜，他都挂在屋檐上，一直放到臭也不做来吃。""吃到一顿饱饭后，他就一直睡，有时能睡一二天，饿到不行的时候，他再出门讨饭吃。"村民们这样说。"还真没见过这么懒的。去年 12 月，下了几天大雪，我估摸着他好几顿没吃饭了，就提着饭，拿着被子到他家去，结果发现他全身僵硬，已经断气了。"他的堂哥杨值玉说。

以前读到的是笑话，现在读到的是真实报道。读完这篇报道，我心里不觉冒出一句：慈母多败儿！

是的，真的"慈母多败儿"。君不见，现实生活中，有多少孩子不是因为被母亲过分的慈仁、迁就甚至宠爱而损伤、变坏的？

我认识一个人，由于母亲的慈仁，有毛病不及时指出，有缺点不给予纠正，以致于从小养成好占便宜、"好吃懒做"的不良习惯。手头有钱时就胡喝乱花，今朝有酒今朝醉，管你家庭不家庭，老婆孩子不老婆孩子，反正我自己"过瘾"就行。没有钱时，就到处借，能借多少算多少，最好是"韩信点兵——多多益善"，管他何时能还，最好不用还。到后来，甚至是母亲的钱也偷，老婆的钱也偷。你看，做人做到这个份上，有什么脸皮？

一般而言，做父亲的是比做母亲的刚强刚毅的，对待子女是严格严厉的。过份慈仁、迁就或是溺爱孩子的父亲不多。但由于夫妻双方的差异，教育孩子又往往很难形成统一的意见，这就使得一些孩子有机可乘，认为母亲慈仁就对母亲亲近点，父亲严厉就对父亲疏远点。再加上现在的孩子"鬼马"，料你也不敢怎么样，奈何我不得。十多年前，我就听说过这样一件事：有个三四岁大的小男孩不听话，父亲要打他。他对父亲说，"我是独生子女，你打死我，就没有我这个儿子了。"看，你怎奈何他？

教育和培养孩子，是夫妻共同的责任。"严师出高徒"，"将门出虎子"，"慈母多败儿"，这都是被实践所证明了的。望做母亲的，对子女少点慈仁，多点严厉；少点宽容，多点刻薄；少点迁就，多点挑剔。这样，才能对子女的成长有好处。不然，日后会害了子女的……

2012 年 11 月 15 日

深入·身入·心入

三年前，好几家媒体接到村民报料，说又脏又臭的自来水一直用了三四年，现在才发现原来是村里的自来水管理员将一水管接到某大型加工厂的工业用水水管上。接到报料，记者们马上赶到现场采访、拍照，第二天迅速见报。报纸一出，在当地引起不少轰动。

然而，我看过报道后，心里随即产生两点质疑（因为我在这个镇工作，有些情况还是清楚的）：一是又脏又臭的自来水不用说用了多年，就是连续三四日，也会有人"告状"、投诉。因为该镇自来水厂厂长就是这个村子的人。为什么没见有人反映和投诉过？二是某大型加工厂的自来水只有生活用水，没有工业用水。怎么能说是将自来水管接到该厂的工业用水水管上？

类似这样经不起推敲，引起人们质疑的报道，在媒体上并不是个别现象，而是时有发生。有的甚至夸大、失实。

为什么会出现这种情况？无不讳言地说，是我们有的记者道听途说的多，深入调查采访，多方位采访的少。

上世纪 80 年代，我搞过材料，亦搞过报道，对新闻报道 ＡＢＣＤＥ"五要素"，还是懂得的。记得当时无论是搞材料，还是写报道，哪次到镇里不是要住上三五天，甚至是个把星期的？找领导谈，找当事人谈，找周围的群众谈，光调查了解，就要好几天的时间。有时还要反复谈。因为我知道，采访这东西，不仅要深入，还要身入、心入。你不跟人家多接触接触，人家哪能一下子同你掏心掏肺？你不多留心，不多观察，你能看到什么？况且，虽说是"百闻不如一见"，但"眼见也有三分假"啊！不身入和心入行吗？现在，有谁像我们过去那样"死板"的？我佩服我们现在的一些搞材料的人，他们是从来不用在下面住的，一天半天就可以搞掂一个材料了。至于一些记者，由于下基层辛苦，又费时，也不愿往基层跑了；跑的也只是蜻蜓点水，浅尝辄止。哪有在上面跑会议、跑庆典、跑剪彩、跑大型活动惬意？材料是现成的，弄不好，可能还有饭餐、纪念品或"红包"之类呢！谁又愿意待在基层？

过去媒体不发达，除了省里有几家外，市县一级几乎没有。因而，当时有一大批基层的通讯报道骨干，基层的实际情况可以通过他们来反映。而现在，不用说市县一级，就是乡镇一级，也有报纸和电视台，也有文字记者和摄影摄像记者。而他们，都是"歌德"派人物，能真实反映基层实际情况的通讯员却没有了；即使有，如果反映的是真实情况，也难以登"大雅之堂"了。

前些年，中央提出的三贴近（贴近生活、贴近实际、贴近群众），去年中宣部等几家部门倡导的走转改（走基层、转作风、改文风），我看是明智的。不然，无论是打开报纸或电视，看的新闻都是领导开会、视察、会见的版面和画面，基层的实际情况，老百姓的喜怒哀乐有谁来反映？但愿"走转改"能一直深入持久甚至永远坚持下去，把版（画）面多让给基层，让给百姓，让党的新闻工作路线和方针回归传统和自然。

2012 年 11 月 16 日

谁最该要解放思想？

　　年初，在纪念邓小平南巡 20 周年的日子里，全国上下各行各业都在大谈特谈要继续解放思想。解放思想，解放思想，哪些部门最该要解放思想？十多年前就想议论的一个话题，又摆到我的面前。

　　我认为，宣传部门最需要解放思想。大家知道，在我们珠三角，乃至整个广东，无论是有线电视还是数码电视，是可以收看到香港亚洲电视和无线电视的，人们一般也喜欢看这两个电视，特别是新闻节目。因为这两个电视的新闻客观、中肯、实际，人们往往理解和接受。然而，每当说到内地的一些问题或敏感点，监控电视的人就马上插上广告，用广告遮蔽新闻画面。有时本来没什么的，但也插上广告，并且都是老掉牙的广告。停停打打，时断时续，搞到你生气，恼火。十八大闭幕的次日晚上，我和几个朋友吃饭，边吃饭边看 6 点半钟的无线电视新闻。当时，新闻正播放介绍新当选的中央政治局常务委员领导的简历。而每介绍一个，就有广告插入。有的一二秒，有的两三秒，有的时间更长。我们就不明白，香港电视新闻介绍新当选的中央领导人简历，难道也有错？

　　有些人，自以为高人一等，始终看不起群众，不相信群众。认为群众落后，生怕群众看到风就说雨，因而有些事总想遮，总想捂。

这不是孔夫子的"民可使由之，不可使之知"的封建思想在作祟吗？其实，改革开放三十多年了，今天的群众不是"文革"时期的群众。他们有知识，有文化，有辨别能力和水平。知道真与假、是与非、曲与直、美与丑、善与恶，不会盲从，也不会迷信。自己脑袋不开窍，还以为群众脑袋不开窍，这不是"以小人之心度君子之腹"吗？再说，今天是什么年代？今天是互联网时代，是信息时代。一些事情你想盖，你想捂，是盖不住的，是捂不住的。岂不是白白浪费人财物？浪费百姓的纳税钱？即使真的是暴露内地一些问题，说我们的不是，我们也应该抱着"有则改之，无则加勉"的态度去对待，欢迎别人的意见和建议，以便将各方面的工作做好。像温总理常说的"创造条件让人民群众批评政府"。这个问题，10年前就有人提出质疑。我当时在《同舟共进》杂志上就看到过一篇文章。那文章作者火气更大，火药味更浓，有点像骂娘。但宣传部门依然我行我素，不但没纠正，反而监控更严，甚至对凤凰卫视中文台也监控和干预。这不是思想还没有真正解放所造成的吗？

行文到此，我想起了一件事。据说80年代末，时任省委书记的林若来东莞，问东莞的群众生活怎么样（因林若在东莞当过10年县委书记，所以当地群众对林若比较熟悉且有感情）。群众说，改革开放好是好，就是看不到香港电视新闻（当时虽没有有线电视，但在深圳东莞一带可以接收到香港电视。然而省里有关部门在东莞大岭山却建了个信号干扰台，香港那边一播新闻就干扰，群众颇有意见）。林若听了群众的意见后，回到省里，马上同宣传部门打招呼，关了信号干扰台。我想，林若是老前辈，思想还是比较正统的，但他还是接受了群众的意见。而我们现在的一些人，年岁不老，脑子怎么老了呢？因此，我认为最需要解放思想的是宣传部门。

第二，行政审批部门也需要解放思想。遥想开放之初，我们一些行政审批部门在当地政府的领导下，敢于冲破自身的框框和束缚，服务百姓，其办事效率是何等的快速啊！记得当年规模较大，年加工费达1000多万港元的东莞中堂开达玩具厂，从洽谈、建厂到生产出第一批产品，前后只用了2个月的时间。其办事效率之高，连港人也咋舌。但如今，在所谓按"规范"、按"程序"、加强"管理"的幌子下，各项规章制度建立起来了，各方各面是规范了，但束缚了一些部门的手脚，办事效率严重低下。即使像东莞这样原来高效率的地方，现在办个项目什么的，有的也要一两年才能批下来。你说，行政审批部门是不是也需要解放思想？

第三，是既得利益者需要解放思想。因为是既得利益，所以他们不想再改革，怕再改革会革到自己头上，失去既得利益。所以，我认为既得利益者也需要解放思想。要让他们懂得，"一花独放不是春，万紫千红才是春"。改革分配制度，积极参与和支持公益活动；积极行善，关心民间疾苦。这样，正如"好迪"的广告语："大家好，才是真的好"！

2012年11月21日

不妨学学香港

谈到办事效率，谈到执法，谈到处理违法违纪等问题，我总觉得香港非常成功，非常有力。君不见，香港有"医闹""校闹""厂闹"吗？有上访"专业户""重点户"吗？有公然敢挑战法律法规的吗？没听说过。

据资料介绍，香港的部门不多。政府的主要施政和行政工作由12个决策局和61个部门和机构执行。这些部门的首长都须向所属的局长负责，领导辖下的部门，有效推行既定的政策。而日常执行的人就是为数约18万的香港公务员队伍。

香港的部门不多，为什么管理整个香港能秩序井然，卓有成效？我估摸可能有以下原因：一是职责分明。你该做什么，我该做什么，职责明确，又各司其职。不像我们大陆这边责任模糊，界线模糊，行政执法部门处理些事常常要"联合行动"。"联合行动"实际上是推卸责任，互相推诿、扯皮，谁也没有主动地履行职责。二是法院坚强有力。分管行政执法的部门要你怎样怎样，你就得怎么样。你不理吗？你不睬吗？法院一张传票，料你胆战心惊。你会乖乖上来，讲个明白，说个清楚。不让你耍赖，不让你狡诈，不让你抗拒。严重的，罚到你倾家荡产，还要喝上一壶。不像我们这边，多一事不如少一事，或是拖延，或是化小，或是不了了之。三是处理方法多样，"判监入狱或罚款"。有钱的，或担保，或延期羁押，或罚款待之；无钱的，或入狱，或劳教，或义务做工。总之，使你受惩罚，使你受束缚，使你受制裁，不能逍遥法外，无法无天。不像我们大陆，要罚款，没钱给；要坐牢，可缓期；要拘留，缺条件。致使盗窃抢劫当道，罪恶横行，"医闹""校闹""厂闹"不断，上访层出不穷，社会管理十分混乱。由此，我经常想，我们何不学学香港？香港在法治方面确实有一套，确实是值得我们学习的。尤其我们广东，与香港这么近，更应该去学习的。

其实，何止在法治方面、社会管理方面？在其他方面，香港也有许多东西是值得我们学习和借鉴的。譬如影视、歌曲、图书、报业等文化产业，你不能不佩服。一个小小的香港地，竟有这么多人才，这么多歌手，这么多明星，这么多歌曲，这么多图书。影视和歌曲更是红遍东南亚，乃至世界每个角落都有华人，甚至走进好莱坞，走进奥斯卡……这其中的奥妙，我们是否知道？

还有道路交通。一个小小的香港，弹丸之地，人来人往，车水马龙，而很少有拥挤和塞车的。

好好学习香港吧，她近在咫尺，往来最方便；学习香港，于我们无论是机构改革、社会管理、经济发展和文化建设，都是大有裨益的。

2013 年 1 月 31 日

也谈学雷锋

　　雷锋，可谓我心目中一贯的楷模。我上小学时，正碰上全国各行各业都在响应毛泽东同志的号召学雷锋。那时，我们不仅学雷锋助人为乐的"傻子精神"，还学雷锋挤时间勤奋自学的"钉子精神"，励行节约的"节约箱精神"和服从组织分配的"螺丝钉精神"。此后，焦裕禄、麦贤得、欧阳海、刘英俊、蔡永祥、王杰等英雄模范人物的涌现，虽然也感动和激励我们，但由于他们身份特殊，岗位特殊，环境特殊，情况特殊，不是一般人能做到的。唯独雷锋，平凡中见伟大，普通中显精神，易懂易学易做，才是我们随手可学的榜样和楷模。

　　长大后，去部队当兵，我们也学雷锋。特别是打倒"四人帮"后，总政治部印发的《雷锋的故事》和《雷锋日记》，使我对雷锋有了更为全面和深入的了解。周总理的题词："憎爱分明的阶级立场，言行一致的革命精神，公而忘私的共产主义风格，奋不顾身的无产阶级斗志"和雷锋："我要牢牢记住这段名言：对同志要像春天般的温暖，对工作要像夏天一样的火热，对个人主义要像秋风扫落叶一样，对敌人要像严冬一样残酷无情"，更是我待人处事的座右铭，使我时时处处严格要求自己，正确对待分工、入党、提干、前途与理想，自觉做一名合格的革命战士。

在以后的日子里，历任中央领导人都在提倡学雷锋，包括上世纪八九十年代的"五讲四美三热爱"，包括精神文明建设。只是在21世纪，有些人质疑雷锋，质疑雷锋精神，甚至提出雷锋不合时宜，适应不了时代的发展，而搬出所谓的孔子孟子老子，搬出儒家学说。加上一些报纸杂志也在经常宣扬吃、喝、玩、乐，宣扬讲金钱，讲享受，讲时尚，讲排场，使人们无所适从，以致道德沦陷，世风日下。以至于出现"小悦悦事件"，人们才再一次呼唤雷锋，呼唤雷锋精神！

其实，按我个人的理解，雷锋短暂的一生，包含了丰富的世界观、人生观、价值观和道德观。你看他，积极工作，干一行爱一行钻一行，甘当"螺丝钉"，在为国家添砖加瓦中发挥作用；你看他，勤奋学习，善于"挤"和"钻"，不断提升和丰富自己，以适应祖国建设的需要；你看他，艰苦朴素，崇尚节约，以节俭为荣；你看他，乐于助人，能做的就做，能帮的就帮，总之是"人人为我，我为人人"，即使吃点亏也不在乎。正如《离开雷锋的日子》的编剧王兴东，去年在全国"两会"上说总结雷锋有五种精神：忠诚信仰的爱国爱党爱人民的"报国精神"；助人为乐热心奉献的"傻子精神"；干一行爱一行钻一行的"螺丝钉精神"；刻苦学习和钻研理论的"钉子精神"；勤俭节约、艰苦奋斗的"节约箱精神"。指出雷锋不是英雄，他是我们的道德模范。要提高我们的道德水平，就是要学雷锋。学雷锋要从小时候学起，从小事情做起，尤其要干部群众一心，经常做！不知我们的一些人，为何不去研究和推崇雷锋，研究和推崇雷锋精神，却大谈特谈孔子孟子老子和儒家学说？

其实，今人根本不懂孔子，不知孔子为何物，更不懂孔子的"之乎者也"。像我辈这样略知孔子些皮毛，也只是在1975年的"批林批孔"运动中，知道孔子，知道孔孟之道，知道"克己复礼"，知道所有的统治阶级都是利用、宣传孔子，以便巩固自己的统治地位。再说，时代在发展，事物在变化。时代不同，情况不同。古人有古人的思想，今人有今人的思想。拿古人的思想、说教去解决、治理今人的问题和事情，岂不是天大的笑话？不用说古人，就说改革开放前和改革开放后，我国所采取的说教和解决问题的方法，也是不一样的。

要搞好道德教育，提倡"人人为我，我为人人"，还是好好学雷锋，老老实实学雷锋吧！雷锋那种"把有限的生命投入到无限的为人民服务中去"的精神，那种"干一行爱一行钻一行，立足岗位艰苦奋斗"的敬业精神，那种"对同志对群众像春天般温暖，助人为乐"的精神，都是我们在构建和谐社会中必须大力发扬和倡导的……

2013 年 3 月 2 日

"笼子里的腐败"

最近，不少人热议反腐话题，提出把权力关进笼子里，把腐败揪出来。其实，把权力关进笼子里，就不会或可以减少腐败吗？我想，可能没这么容易和简单吧！

早在十多年前，某地就建立了建筑项目招投标中心（市场）。但自从建立了建筑项目招投标中心后，据说好多的建设项目的成交结果都比原来在镇里招标高出十几二十个百分点，有的甚至高出三四十个百分点。我是外行，不知道个中原因；但内行的人懂，说是"笼子里的腐败"。

是啊！表面看，门槛提高了，行为规范了，程序正当了，甚至还有财审，还有纪委或监察部门的人员在场监督，为何会出现中标的实际结果这么高？这不是"笼子里的腐败"是什么？

"笼子里的腐败"，是"合理""合法"的腐败。腐败只要进入这个笼子里，你就很难去查，很难去破。因为它依照程序，合符规则，"合理""合法"。

我听说有个大老板，手下有十几个公司，专门参与招投标的。通过招投标，一年下来，他可以拿到十几个亿的工程项目。项目拿到后，他自己做一些，其他的转包给别人，从中收取十来个百分点。

不知一些部门是否知道？

其实，"笼子里的腐败"，何止在建筑市场？在其他一些领域，不是也存在吗？

譬如规定所有的大排档和酒楼食肆，只能用由清洁公司经过清洗和消毒过的餐具，以便于卫生。这本意是好的，也是为了维护消费者权益的。可实际上，有多少家清洁公司出来的餐具是合格的？消费者不是照样不放心吗？而对那些不合格不符合卫生要求的公司，一些主管部门是否去处理过？

再譬如招考公务员（包括公职教师），程序上一般有笔试、面试。招考教师的除面试外，还有授课。表面看来一切公平公正公开，也有评委什么的。可你人事稍少点，钞票少给点，即使笔试成绩第一，甚至授课水平第一，而面试的时候照样可以把你刷下来。近日，我一高中时的同学向我"伸手"，说其儿子去年报考公职教师，笔试、授课成绩都第一，就是因为没有给钞票而面试时被刷下。这次，他说也入围了，但明码实价要多少钱，你能否借几万给我？

又譬如政府采购。过去，我们一般都认为政府采购更加公平公正，更加节约开支。殊不知，中国社科院最近发布的2012《法治蓝皮书》的结论令人触目惊心：八成商品的政府协议采购价高于市场均价。有的市价仅只2600元的电脑，政府采购价居然能达到9.8万元，相差30多倍。这样，谁再说政府采购更加公平公正？政府采购更加节约开支？咳，太天真了！

尤其可怕的是，大量政府采购高于市场价，而官方却称10年来累计节省6600多亿元！多庞大的节约啊！通过政府采购取得多大的成果啊！不明就里的人，是根本不知道的：明明是八成商品高于市场价，却说10年来节省开支几千亿元？蓝皮书的调研组揭开了内幕：是因为采购之前把预算做得偏大，所以表面上看比预算节省，实际上则是浪费；政府采购的最高限价形同空设，经常直接以最高限价或接近的价格成交，即使再优惠也仍然高于市场价格；将普通商品按特供或涉密产品对待，虽然在配置或外观上有细微差别，但价格远高于同类产品……

　　哎呀，看来反腐败真是不容易啊！尤其是"笼子里的腐败"。
这可难倒纪检监察部门了……

2013 年 3 月 8 日

环保部门的权威

去年8月14日，广州市委书记万庆良在领导干部接访系列活动中，在听闻白云区钟落潭镇某村因附近工厂排污，恶臭难闻且污染广州饮用水源流溪河，当地群众多次反映迄今未解决时，万庆良当即批评市环保局的领导："去核查过11次，问题都得不到解决，环保局的权威何在！"

万庆良书记的这一问，我认为问得好。是啊，环保部门的权威何在！

然而，熟悉和了解环保部门的人都知道，环保部门有什么权威？

虽然国家制订了一系列有关环保的法律法规，如环境保护法、环境影响评价法、水污染防治法、固体废物污染防治法、噪声污染防治法和放射性污染防治法等，以及一大堆的规定和条例。按照东莞市环保局编印的《环境保护法律法规汇编》，有800多页，四五十万字。但由于环保部门本身没有查封权、关停权，更不会像公安部门那样有拘留权，因而执行起来很难，起不了多大作用。即使是最简单的罚款，也要进行笔录、问询等手续，完后首先发出告知书，7个工作日后，再发出决定书。发出决定书后，又让给当事人15日时间申诉。过了15天之后才能执行。处罚后，他如果继续违法排污，你环保部门拿他也没办法。因为关停企业，要申请法院或县以上人民政府才有资格执行。你环保部门无这个权力。而要向法院申请或县以上人民政府申请，又得必须走程序；而要走程序，又不知要等到猴年马月。因此，环保法律法规可谓不少了，但对于环保部门来说，没有一部是顶用、实用的。这样，环保部门有什么权威？何来权威？

广州市这样一个大市的环保局尚且如此，这就更难为我们下面基层的环保部门了。像我们这样一个小小的环保分局，包括我这个分局长，真正的是没多少企业将我们放在眼里的。"罚款"，你罚得多少？因为违法成本轻，他是不怕处罚的。再说，光罚款，解决不了实际问题，解决不了群众的投诉，有什么用？群众照样说你"不作为"。因而，我们基层环保部门成了磨芯，成了"风箱里的老鼠"——两头受气：一是被群众骂，一是被上级骂。

据说，最后白云区钟落潭镇环境突出的问题，是由广州市环保局与广州市监察局实施联合督办才解决的。——一年前，广州市环保部门虽然先后查处了该区域多家违法排污企业，但相关企业拒不执行环保处罚决定，乃至对法院的强制执行（如某包装制品有限公司）。直至不久前其负责人被司法部门拘留，才算解决了这事。

呜呼哀哉！有这么多的法律法规，环保部门解决不了属于自己职责的问题，却让别的部门联合去解决！同是一样级别的部门，假如别的部门不管你不理睬你呢？岂不是没辙了吗？

2013 年 3 月 12 日

出入境所遭遇的事儿

我这个人，出国出境的时候不多。但几十年下来，也有三几十次吧！而每次，都要遭遇些不顺心的事儿。因而对我们负责出入境（也就是关口）的工作人员多少有些看法。概括起来有如下几个方面。

一是我们关口的工作人员表情严肃、呆板、冷峻。似乎是钢板做成的机械人，很少见到一丝笑容。他们通常板起面孔，两只没有善意的眼睛在你身上和你护照的相片上乱转，把你当嫌疑犯似的审视。大有"宁可错扣一千，不可放过一个"的架势。

二是明知故问，疑似刁难。护照的签证上明明写有哪个国家，却偏偏要问"去哪个国家"，"去干啥"，"探亲还是旅游"。入境时，也会问"你从哪里回来"，"去了哪些国家"。似乎不多问一句，就显得不像关卡，就显得没有水平。胆怯的没有出过远门的，倒有不少给问倒的呢！

三是慢条斯理，按部就班。似乎是我每天拿多少钱，就盖多少个章子似的，管你过关的客人排成长龙，反正是"皇上急太监不急"。一次，我从珠海横琴关口过澳门乘飞机去越南岘港。在过关口时，由于关口工作人员动作太慢，致使过关的人越来越多，很快就排成长龙。待到前面六七个人到我时，我留意一下，只见关口的工作人员每检查一个护照，首先是把护照拿起来，翻过来看看，翻过去看看，好像在看你这本护照是到过哪些国家似的。然后，把你要去那国的签了证的那页翻出来，在电脑的主机板上刷了刷，再打开某页，然后盖上章。我看了看表，每检查一个护照，都要一分钟，有的还不止。慢条斯理，目中无人。我们个个都很不高兴，在低声议论。但关口人员视若无睹。

还有极个别的业务水平低，或者"警惕性高"，对护照上有异样之处，随便怀疑、扣下。前几年，我有次去南非、迪拜和埃及观光回来，在东莞太平关口，因护照最后一页有"收讫"两字，被工作人员扣下。我被晾在一边。同团的人问我怎么回事，我说几个国家都通过了，香港也放行了，难道过不了自己的关卡？这只能说明他们不懂业务。最后，在该工作人员上司的确认下，我好在没事。不然，可能真的回不了自己家门了。

乘飞机出国，在登机口，也常碰到这样的事：有的工作人员除检查机票外，还要你拿护照出来。这就更离谱了，检查护照，是你登机口工作人员的职责吗？要是我们没护照怎能通过关口进入候机室？这说明这些人更不懂业务。

在谈到上述这些问题时，有朋友说："他们对国人不好，而对外国人可好了。点头哈腰什么的，好似外国人是他的老窦（即父亲）。"我说，这样更不行了，凭什么对外国人好而对自己的同胞另眼相看？

善待国人，善待自己的同胞吧！是他们用纳税钱养活着你们。你们不为他们服务，为谁服务？而且，微笑服务，笑口相迎，早已推广普及到各行各业了，你们怎么"春风不到玉门关"？还拉长着老脸，趾高气扬？都说"窗口最重要"，给人舒适、温馨的感觉。你们是"关口"，是"国门"，比"窗口"还"窗口"，难道就不重要了？别以为高贵、聪明了，快放下你的臭架子吧！这样，国人才会买你的账。

2013 年 3 月 16 日

你知道 H_2O 吗？

H_2O，不用说上了年纪的人，就是像我辈这样的人，如果读书少一点，也会不知道或者不记得的。

我知道 H_2O，是在读初中。那时，初中有化学课，当老师讲到水的化学成分时，说水是由 2 个氢原子和 1 个氧原子组成的，化学名称叫"H_2O"。并给我们讲了一个笑话：有一学生学会了这个水的化学成分后，有天到邻居家，兴冲冲地对邻居说："大爷大爷，我口渴得很，给我一碗 H_2O 吧！""什么'H_2O'？"大爷问。他似乎很得意，"水就是'H2O'，你知道吗？""水就是水，什么'H_2O'？你这个读死书的，不给！"邻居大爷一顿大骂，并把他赶了出来。

那个学生的原意，我以为一是"我增长知识了，知道水是由 2 个氢原子和 1 个氧原子组成的，它的化学名叫'H_2O'"。二是"你知道吗？你不知道我现在就告诉你。"但多少带有点炫耀，带有点自喜。方法不对头，对象不对头，因此被骂是正常的。

笑话归笑话，想不到几十年后，像这个笑话似的事在现实生活中经常发生。譬如计量，长度的有米、公里；重量的有市斤、公斤、吨；容量的还有公升，或立方或重量。并且有好些是约定俗成的，大众都容易理解和接受的。可在媒体（或公告）上写出来，常常令我们费解。像 100 公里被写成 100 千米，100 吨被写成 10000 千克；公斤被变成毫升，甚至是"加仑"——要知道，"加仑"也有"英制加仑"和"美制加仑"之分啊！你笼统地说"加仑"，正确和标准吗？还有一些中成药上的说明书，你说每次服两片（粒）就两片（粒）、三片（粒）就三片（粒）行了。也最容易操作。可有些人不是这样，而是将片（粒）写成"mg"。有多少人知道这个"mg"是什么意思？每片（粒）药又是多少"mg"？

最令人摸不着北和讨厌的是，这些年，有些单位和部门把本单位（部门）内部用以作统计或上报的编号（或代码代号）和一些专用技术名词也当作公用实语刊登或发布了，如上高速路的指示牌。过去，我们珠江三角洲，只知道广深高速、京珠高速、沿海西部高速、广惠高速，乃至后来的莞深高速等，以至要去哪里，我们都知道走哪条高速。可现在，指示牌上却标着代号代码，如国家高速，或 G1，或 G2；省级高速，或 S1，或 S2，却没有标明去什么地方，你说上哪条高速？因而，常常被弄得晕头转向，不知如何走好。再加上逢到这些路口，一般都车速快，稍微迟疑的，就走过头了。

也许有人会说，一些国道省道不是也一贯以编号（代码）为指示说明的吗？如 C107、C203 等。要知道，国道省道的编号（代码）有多久历史？而且一直在我们周边（实际上我们一般习惯的是从这里可以去哪里，或去那里应从哪条路走，很少记什么国道不国道，省道不省道的。尤其是省道，更不知道是哪一条了。因为在我们东莞乃至整个珠三角，条条道路都可说比国道省道的还好还宽），而你的高速路，才有多少年？像我辈"H_2O"似的很多人都不知道呢，何况你近两三年才编上的 G1、G2 或者 S1、S2 什么的？

2013 年 4 月 5 日

门外汉谈房地产

在我国，似乎没有哪一个行业（产业）像房地产那样经常被调控、抑制，甚至打压的了。按照国家发改委和环保部节能减排的要求，它属高耗能高污染低效益的产业吗？不是！属落后的过剩的需要逐步淘汰的产能？也不是！那么它为什么被调控、被抑制，甚至被打压呢？据说房价过高，使到许多人想买房子而买不起。

房价过高？房价过高还有市场？房价过高却还有不少人争着去买？以致一些地方的房产供不应求？以致一些炒房的个人和团队认为有利可图而不断投资？现在是市场经济，价格高不高应由市场说了算。你肯我愿，一个愿挨，一个愿打——皆因认为合情合理，相得益彰。前年初，不是有个专家到东莞的"中国镇"（石排）讲课，讲到房价，说东莞市民太幸福了，房价才七八千元一平方米，还有很大的升值空间吗？当时，我看了报道，就毫不客气地说，滚他，搞坏东莞的市场！

世界上任何一个国家，都有富人和穷人。而夹在富人与穷人之间的，则是大多数的中等收入和些许高收入的人群。看房价高不高，应看大多数人能否买得起，能否承受得住，而不是少数人。有钱人住得宽敞点、舒适点，无钱人住得差一点、窄一点，甚至是廉租房、出租房，这本是天经地义的事，也是激励人们发奋、努力的动力。"搵食搵食，吾搵无得食"，"不劳动者不得食"嘛！世界上哪有这么好的事情，不好好奋斗，不好好拼搏，而一味伸手要优惠、要待遇的？即使是最发达，福利最好的国家，人们也都是通过劳动（工作），通过自身的不断努力从租房——租小房——租中房——租大房，到买房——买小房——买中房——买大房，这样一步一步走过来的，哪有一下子就可以住上好房大房的呢？何况我们是一个人口众多的泱泱大国？但有些人不正视这一点，想一步登天，整天嚷嚷房价高。还有的算账，说不吃不喝二三十年买不到一套房子。省吃俭用，干几十年买不到房子的，何止在我们？香港不是也一样吗？要不，香港怎么有"留食不留住"之说？越南河内的房价，也是很高的，前五六年就是 8000 美元一平方米了。两三年前我就经常说，你有多大的能耐就戴多大的帽子，像工薪族如我这样，北京上海杭州的房价即使每平方降一万元，我们照样不是望楼兴叹？唯有自己想自己的罢了。

其实，房地产作为改革开放后的新兴产业，在我国许多地方经过不断探索、整合、完善，一直发展到今天，已成为拉动国民经济发展的支柱行业。它不仅改善了人们的居住环境，提升了地方的城市形象，还带动了钢铁、水泥、建材、家具、家电、装饰材料以及装潢装修等行业。这些行业的兴衰，很大程度上取决于房地产市场的状况。如果一味打压房价，"除城镇无房居民外，所有人的利益都被伤害"（许小年语）。因此，房地产是需要继续和不断发展的，房价是不能随便靠行政命令和行政手段来抑制和打压的。正确的方法是由市场来说话，通过供求关系来解决房价高的问题。同时，在继续和不断发展房地产的同时，政府应像香港那样，每年推出一定数量的公屋和廉租房（这个廉租房也可由社会上一些人多余的房屋来提供）。这样，稍微有一些钱的人可以买上房子，暂时没钱的人按照条件、次序先后也可以得到公屋或最起码的廉租房。

关于房地产和房价，近 10 年来一直是人们热议的话题，似乎是公说公有理，婆说婆有理。不过，我这个门外汉感到中山大学历史系教授、博导邱捷的《解决住房问题应"三足鼎立"》和经济学家、中欧国际工商学院教授许小年的《房价：政府不宜"替天行道"》（均载《同舟共进》杂志 2012 年第 3 期）写得好写得实在，说到了点子上。有识之士和地方执政者，不妨找来好好读读，以拓宽视野和思路，知道如何去做和怎样应对。

2013 年 4 月 8 日

专家的话儿不可信

　　前些天写下了这个题目后，就不想作这篇文章了。因为近几年说专家这也不是那也不是的文章太多了，觉得再说就没啥意思了。想不到这几天河南偃师一村庄发生的氯中毒致三百多只猪狗突然死亡的事件，又有所谓的专家站起来以便开脱。看来不写白不写了（虽然写了也白写），并且可以将题目改成"专家的话儿哪能信"了。

　　之所以说专家的话儿不可信，一是因为有的专家睁着眼睛说瞎话。像河南洛阳偃师市一村庄这样，村里的家畜大规模死亡，且集中在凌晨两三点到上午 9 点左右。除了猪狗，还有羊和猫等。至于老鼠，更是不计其数了。村民怀疑是该村附近一家名为"洛阳金氟"的化工厂所为。因为这家化工厂十多年来一直在半夜偷排废气，近两年来酸臭的气味越来越浓，而且村里的地下水也早被污染，每年有两三个 60 岁以下的村民死于癌症。事发当天，村里怪味刺鼻。可是当天下午，洛阳市环保局专家对该村空气进行检测，说未发现任何有害气体。镇卫生院的医生对前来检查的 183 名村民也说未发现异常。后通过洛阳畜牧专家组再次研判，确认死亡家畜多是有害气体严重损害呼吸系统导致。偃师市人民医院经对前来住院的村民进行血检，也发现是氯超标。你说，明明是有毒气体所致，却说一切正常，这不是睁着眼睛说瞎话又是什么？

　　二是因为有的专家站着说话不腰疼。明明是"三聚氰胺"有毒，塑化剂会损害人体健康，可有的专家说"三聚氰胺"无毒；每天喝一斤酒鬼酒对身体不会有问题。酒精高达五六十度的酒鬼酒，不要说喝一斤，我相信你三五两下肚，也会成了醉猫，更遑论塑化剂超标 260% 了。前年初有个专家跑到"中国镇"——东莞石排镇讲课，谈到房价，说东莞市民太幸福了，房价才七八千元一平方米，还有很大的升值空间云云。东莞是三四线城市，房价要七八千元一平方米，太幸福了？这不是站着说话不腰疼吗？

　　三是负面说成光明面。明摆着是"失业"，会说成"待业"；"下岗"，会说成"待岗"；"减收"，会说成"负增长"；"贫穷"，会说成"待富裕"；"摇身一变"，会说成"华丽转身"……真是"到处莺歌燕舞，更有潺潺流水"，形势喜煞人。哪里会有什么社会问题可言？有什么民生问题要解决的？

　　四是多是事后诸葛亮。无论发生什么事，——或天灾，或人祸，或抢险，或救援。事后，专家们都喜欢站出来评头品足，指手画脚，做事后诸葛亮。这个说"假设……"，那个说"如果……"，他又说"早知……"。全然不顾当时当地的实际情况。其实，救人要紧，这是生理上的第一反应，哪有那么多的"假设"、"如果"、"早知"？要是知道"假设"、"如果"、"早知"的话，什么事情都不会发生了。

　　综上所述，你说，专家的话儿可信吗？

　　反正，我是不会随便信的了。

2013 年 5 月 2 日

一个报告的批复

S省先行先试办公室：

　　关于你省国民休闲计划的请示报告收悉。经我办研究，决定暂不同意。

　　你们的国民休闲计划实质是恢复两个"黄金周"——一个是"五一"黄金周，一个是"十一"国庆黄金周，其意义和作用是不言自明的。正如你们的请示报告说的，一是有这方面的经济基础（包括社会的，包括市民的），可以刺激消费。二是可以带动第三产业特别是旅游业的发展。三是可以给国家和地方增加税收。但是，像你们这样的条件，我国还有很多地方同样具备。若是批了给你们，其他与你们一样条件的地方，批不批呢？要知道，他们获悉你们打报告上来，也跟着打了报告啊！你们还是以大局为重，服从国家的统一安排，不要擅自搞什么国民休闲计划了吧？

　　其实，这几年虽然取消了"五一"黄金周，但保留了"十一"，保留了春节。同时，根据专家的建议和意见增加了清明、端午、中秋各一天的假期，全年总的休假（休闲）时间是比以往还要多的。你们何苦要恢复"五一"这个黄金周呢？把一些假期放在其他的传统节日上，不是一样很好么？特别是你们地方特色的"龙舟节"，给一天的假期时间可能会办得更好呢!

我们知道,自从改革开放后,你们一直是全国先行先试的排头兵,各方面一直领先在全国各地,也为各地摸索和总结了一大批的好路子和好经验。启动第二轮改革(即后 30 年改革开放)后,你们的先行先试,又为各地的转型升级、商事登记制度改革等方面做出了榜样。但是,国民休闲计划事关全国各地的民众和百姓。全国还有四五百个贫困县,还有 4300 多万人处在待富裕的程度上。你们都让市民休闲度假,享乐享福,像话吗?假如批准你们带了这个头,对各地各省,乃至全国,会是什么样的影响?电视上老毕搞的什么"元旦七天乐"、"春节七天乐"、"五一七天乐"、"暑假七天乐"、"国庆七天乐"、"寒假七天乐"等等等等,那只不过是老毕愚弄大众的把戏罢了。世界上哪有这么多的假期?

再说,我们假日办,就是这么点安排假日的权力了。除此以外,还有什么?若是批准你们,批准他们,换言之,批准这、批准那、批准东、批准西,到最后,没有权力,不再安排,我们岂不是喝西北风,个个都要下岗散档?

S 省先行先试办公室,还是将请示报告放一放吧!到时,中央有什么精神,我们第一时间,就立刻通知你们!

此复

W 国假日办公室

× 年 × 月 × 日

2013 年 5 月 7 日

独幕剧

"大王！大王！大王！不好了！不好了！不——好——了！"

"什么事？"

"你颁发的交通新规——不，是咱们颁发的那交通新规，刚出炉举国上下像炸开了锅似的，媒体评论，网友吐槽，指责声咒骂声不绝于耳。"

"都说些啥？"

"有的说这么大件事事前不征求一下意见，不进行一下讨论，是独裁、霸道，是滥用公权。有的说一本驾驶证才 12 分，冲一次红灯就扣 6 分，若是冲两次，岂不是得个零？有的说这是史上最牛的新规。还有不少的报刊评论，对比了美国、新西兰、新加坡等国家，说外国也没有这么严。"

"够了！征求意见，征求意见，我们以往的发号施令何时征求过他们的意见？银行部门调息调率，有征求过意见吗？石油部门经常涨价，有征求意见吗？我们提早公布了几个月，已经做得很好很主动的了。再说，真的什么事都想要民主？改革是要触动一部分人的利益的！这是改革，这是创新，不要怕！至于说到外国的也没这么严，外国怎么啦？我们走在外国前面不行吗？"

"是的！是的！"

"传令下去：布告已发，理解的要执行，不理解的也要执行——谁叫他闯红灯！"

"嗻——大王！"

2013 年 6 月 15 日

怪　事

　　诸位看官：真是大千世界，无奇不有。近日，有一个地方的一个部门，为办一个证件，办了一年多了，人家跑上门来今年少说也有一百次了，直至死人了，证件还是没有办出来。你们说奇怪不奇怪？

　　有这等事？有。且听我慢慢道来——

　　话说安徽省颍上县红星镇有个叫吴云的村民，因在北京打工 20 年，有了些积蓄，便在前两年回家乡买了亩地办了个小电子厂。去年，因订货量大了，厂里需要贷款增加设备。但贷款要土地证抵押。于是，吴云等不及镇政府当初帮办土地证的承诺，开始跑起国土局。为了办证，今年以来他往国土局少说也跑了一百趟。天天跟上班一样，连国土局的人都说，"吴云，你比我们工作人员来得还勤！"但不知什么原因，土地证一直没办下来。要么说"人不在，没有空"，要么说"缺手续，回去补"。吴云说，镇里离县城 35 公里，为了补手续，他有时一天要往返两趟。有几次他请镇领导一起去，局领导答复得很好，"你一个农村人办企业不容易，我们一定抓紧时间办好。"可就是办不下来！7 月 10 日那天，他原本没准备请客，上午到国土局王股长办公室问土地证没果后，就悄悄走掉了。但约 11 点，他在回家的路上接到王股长的电话，让他到城北的竹荪鹅饭店"有点事"。他以为是证件办下来了，很高兴。去了一看，才明白是让请客。据新华记者赴颍上深入调查，席间，国土局4名干部共饮了4瓶口子窖白酒。饭后，参与饮酒的办公室副主任阎某开车送"喝多了"的王股长回家，阎某误驾车回自己家中休息，将王股长遗忘在楼下车里。一直到下午4点半，王股长被发现时已死亡（据新华社《办证者"被迫"请客国土局干部醉亡》《南方都市报》8月2日）。

诸位看官，看到这桩怪事奇事新鲜事后，不知你们有何感想感慨？反正我疑窦丛生——

其一，为了便民利民，提高办事效率，这十年八年，各地各部门不是制订了许多制度和措施吗？诸如"一口清"、"一个准"、"一次性告知"、"XX个工作日完成或答复"什么的。颍上县国土局为什么丢三落四，要么说"人不在，没有空"，要么说"缺手续，回去补"？吴云办一个小小的国土证，跑了一百趟，直至死人了也无结果？到底是什么事这么难办？局长张敏说"有点小麻烦"，到底是什么样的"小麻烦"，搞到这么长时间还办不下来？

其二，吴云在颍上县国土局可说是常客熟客了，光今年以来就光顾了一百次。天天跟上班一样，连国土局的人都说，"吴云，你比我们工作人员来得还勤！"但就是这样的一个常客熟客，证件办了这么长时间还是没有着落，更遑论一般的人了。局领导的"你一个农村人办企业不容易，我们一定抓紧时间办好！"的话，是否只是对吴云说说而已，而没有使之成为该局有关股室人员的自觉行动？

其三，国务院不是早有规定，公职人员中午不得饮酒吗？为了遏制中午饮酒，不少地方还成立了"暗访组"、"督察组"、"禁酒办"呢！难道颍上县国土局是"世外桃源"，不知道这个规定，不仅自己想饮酒，还要"被办证人"请饮酒？这也难说，改革开放以来国土部门一直是个"香饽饽"，连市长县长乃至省长也要"求爷爷拜奶奶"呢，可谓是名符其实的"土地爷"了，哪能没有"特权"，没有"例外"？再者，连巴结还来不及呢，又有哪个敢惹？

其四，4个人饮了4瓶口子窖酒，不仅是王股长"喝多了"，我看阎某也"喝多了"。不然，你既然负责开车送"喝多了"的王股长回家，为什么会误驾车回家自己休息，而把王股长忘在车里，以致于王股长在车里醉死闷死焗死呢？看来，这个事没有完，王股长的家属或许打官司，状告阎某或国土局，甚至吴云。如果律师狡辩的，那吴云也是有罪的，就是请人喝了"太多的酒"……不知诸位看官是否赞同？

2013年8月4日

另一个 "心疼"

据《人民日报》报道，今年 5 月，某省招商团在香港金中香格里拉酒店举行早餐会。一位参会的香港企业家透露，参会者共约 40 人，花费约 4 万元，人均 1000 元。这位身为亿万富翁的企业家，宴会结束后特地向服务员要了账单，看后不禁感慨："一顿早餐花 1000 元，我不掏钱都觉得心疼。"（《南方都市报》8 月 27 日）

这位香港企业家说的可谓是肺腑之言。因为香港人一贯勤奋节俭，对吃的不太讲究。尤其是午餐，更是过于简单、随便。还有不少人把早茶当午餐（因为早上起的晚，十一二点才上茶楼饮茶）。平时，上茶楼喝茶也好，吃饭也好，吃剩的东西都要打包，从不舍得浪费掉。大富豪也如此。所以，这位身为亿万富翁的企业家，看到我们的招商团早餐人均 1000 元，感到 "不掏钱也觉得心疼"。

早餐一人花费 1000 元（当然，不可能全部吃光，有许多都是浪费掉的），看到这样的事，我也 "心疼"。然而，我还有另一个 "心疼"，就是心疼花了这么多的钱到底有没有效果，到头来会不会像广东人说的 "得个吉"（一场空，啥都没有。因粤语 "空" 与 "凶" 同音，故避违而称 "吉"）。这不是杞人忧天，而是我有我的道理——

首先一个，是现在搞招商，迟不迟呀？晚不晚呀？改革开放都三十多年了，港商早在二三十年前该投资的投资了，扩产的扩产了，发展的也发展了，哪能等到现在？现在搞招商，是不是有点"黄花菜凉了"？

第二，现在不是改革开放初期。那时，思想解放，各级放权，办什么事都快捷，都好办。而现在，依规矩依程序，办什么公事都难了，都慢了。广州的行政审批都要两年多呢（799 天），何况内地？而这，大官们是不知道的。这如同行车的路上有红绿灯，有测速设备一样，官员们不是自己开车，是不知道的。

第三，现在全球经济走向不明朗，有资本的人不知干啥为好，投资啥都收效甚微，甚至亏损。加上劳动成本、原材料价格等什么的都过高，港人能轻易投资吗？没有利润，没有钱赚，那不是资本家，是慈善家。

第四，即使投资，即使发展，香港人一般也要实地考察一番，看那里的人文环境、风土人情、办事效率、社会治安等诸多方面的软硬件建设。而不是一次面谈、一个饭局、一个招商会就能定调的。如果这样，未免太儿戏、太轻率了。香港人不是傻瓜，他们有他们的一套投资方法。

如此说来，真可能是"得个吉"了。花费一些钱能引来项目，引来投资，"吃小亏占大便宜"，"一本万利"，那是值得的，也是应该的。而"得个吉"，那就是"劳民伤财"，"得不偿失"了。

但官方可能有官方的说法。为了显示成效，他们在对外宣传或向上汇报上总是说"协议签约"（或意向签约）几十个亿、甚至是几百个亿的。这如同我有个战友（供职于某协会），每年组团带队去外国转一圈（政府有补贴），回来都说"协议签约"了几十亿元（他说不这样说面子上过不去）。实际上到底有多少，我看只有他们自己才心知肚明。

2013 年 9 月 1 日

不敢苟同

近日，读到知名年轻美女作家蒋方舟接受南都记者的一个专访——《蒋方舟：我觉得，写作才是人间正道》（见《南方都市报》11 月 10 日）。专访中蒋方舟说的三个观点，本人实在不敢苟同。

其一，蒋认为杂文这些"东西"是不值得花钱买的。"并不是说它没有意义，而是应该放在网上看，不应该让人花钱去看。除非作家死了，出全集，可以让人花钱买。"言下之意，是不是在说写小说的人值钱，而写杂文的人不应该值钱？同是脑力劳动，同是出精神产品，难道写小说的人是人，而写杂文的人不是人？我好生奇怪。

其二，"我觉得杂文、散文归根到底还是配菜。——很大程度上，小说（才）是文学的唯一载体。"且不说文学的定义包括诗歌、戏剧、小说、散文（杂文）是常识，就小说而言，在文学的范畴中也不过列居第三，比散文杂文优先一位罢了，怎么会是配菜？说到具体的人和事，鲁迅的一生中，写的是小说多还是杂文散文多？不用打开《鲁迅全集》，我看一般的人都知道鲁迅一生写的杂文比写的小说多得多。正因为如此，所以鲁迅不仅是伟大的文学家，而且是伟大的思想家和伟大的革命家。而他在中国文学史上的地位和作用，当数杂文成就最高了。杂文虽然短小，但它由于尖锐、深刻、泼辣、形象，似投枪、匕首，惩恶扬善、激浊扬清，其所起的作用，是许多大部头小说不能比拟的。再说，当今的这个社会什么都是快节奏，有多少人有时间去啃大部头？我看除了一些学者、专家、小说评论家、文学研究者和文学爱好者外，是没有多少人去啃的。像我这样爱看书又有点时间看书的人，20世纪80年代至今也只是看了两部小说，一是戴厚英的《人啊人！》，一是路遥的《人生》，且都不是大部头（贾平凹的《废都》和阿来的《尘埃落定》看了一半就没有看下去了），更遑论那些为学业奔波，为生活奔波，为官场奔波，为商场奔波，为名利奔波，甚至为情场而忙碌奔波的人了。还有许多电视族、电脑族、手机族、跳舞族、酒吧族、网吧族、歌吧族（卡拉OK）乃至麻将族呢？这虽是有些不正常，但社会就是这样的现实。平时，我喜欢读的都是报上的杂文、散文以及广东省政协主办的《同舟共进》。要不是在《南方周末》《南方都市报》等副刊上读到阎连科、周涛等一些作家的杂忆、杂记，我真的对他们不甚清楚。倒是一大批杂文名家大家的名字，我可以说出一大串，像老前辈的严秀、牧惠、舒展、老烈、章明、邵燕祥、陈四益、严承章和现在的鄢烈山、阮直、张心阳、许家祥，等等等等。因为我经常读到他们的杂文，因而也多少知道一些他们的情况。第三，如果杂文是配菜，那上述名家大家所写的东西，岂不是白白浪费了自己一生的心血和精神？要知道，他们当中有不少人是著作等身的啊！

其三，蒋认为除了写作之外，其他都是蝇营狗苟的事情。"写作才是人间正道。"这不是卖花的在赞花香、卖茶叶的说自己的茶叶好吗？自己暗地里这样说说还可以，要是用这种观点待人处事，那就有儿点那个了……

2013年11月26日

是梦，并不可怕

　　泱泱大国，十几亿人，不是这个身残，就是那个智障——或缺臂少腿，四肢不健全；或盲聋癫哑，整天发神经。还有不少的属畸形，如头大、身小、腿短、手长；或反之。他们傻傻朗朗，疯疯癫癫，不会劳动，不会做工，只会张着个嘴，向政府要食，向医院要医。一天上午，太阳暖暖的，天空也没有什么异样，我看到他们向医院走去，向政府走去，黑压压的一大片。虽然动作迟钝，步伐迟缓，慢慢的，像游蛇似的，然而态度坚决，动作重复，嘴里叫嚷着"要药！""要医！"等话语，大有不给就不肯罢休之势。我劝其中一拨人离开，不要向政府伸手。结果，适得其反，不但劝不住，反而招来了那拨人的追赶、围攻。尤其是那些腿长手短的，更是穷追不放。我知道他们是亡命之徒，就拼命地跑。跑啊跑，跑啊跑，也不知跑了多久，眼前突然一黑，我跌进了深渊。我惊醒，原来是个梦。

　　是梦，并不可怕。可怕的是现实。想想看，改革开放三十多年来，由于各地都存在着大干快上、急功近利的思想，加上所谓"国外也是先污染后治理"的理念，发展经济走的是一条粗放型的路子。不讲科学、不讲布局、不讲治理、不讲可持续发展。因而经济发展到现在，GDP上去了，国家富强上去了，人民的生活水平也上去了，然而土壤被污染了，空气被污染了，水源被污染了。早在10年前，我就听一市领导讲，某地由于有几座大型的燃煤电厂，那里的小孩痫出的尿，含酸值都比其他地方的高。还说这些年不少育龄妇女不是比较难怀孕，就是生出来的小孩有缺陷。更要命的是所有内河涌都发黑发臭了，完全丧失了自我溶解、自我净化的功能。要不是还有条东江，真的是"身在水乡没水食了"。然而人们还是心大心细，不敢太放心，因而一般有钱的人，还是用桶装水。时任东莞市市长的李毓全在全市的环保会议上也坦言："那时，我们市是不太重视环保的，建成的第一个污水处理厂，也是迫于上头的压力，做做样子而已。没有长远规划。什么'先污染后治理'，二十多年过去了，现在还不去治理还要等到什么时候去治理？真正重视环保的，是佟星书记与我这一届，提出'整山、治水、建桥、扩路'八字方针。像环境保护这件事，本应是企业自身做好的，但由于当时政府不重视，部门不监管，放任自流，现在倒过头来让政府去埋单，代价太高了。"

现在的问题并不只这样。在利益的驱动下，一些不法商人、企业家，甚至是大型企业，为了卖相，为了减少成本，为了赚大钱，在食品产品上以次充好，以劣充优已是家常便饭了。还有添加什么三聚氰胺、什么苏丹红、什么塑化剂、什么保鲜剂、什么防腐剂、什么膨大剂、什么催熟剂等有毒有害化学物品呢？再加上往猪肉牛肉羊肉上注水（注的假如是干净的水还没有大碍，再多是被骗钱而已。要是注入的是不干净的水，那就麻烦大了），瓜果菜茶等用农药量大，那人类赖以生存的整个食物链发生病变，就惨了。我们这一代人，都是 60 岁左右，可能不会有什么事。做子女的那一代也可能没什么事，再多的可能是寿命短些。但到我们孙子那一代呢？不是早就有"性早熟"、"大头佛"、"肾结石"等奇形怪状的病例吗？要是到了孙子或孙子的孙子那一代生的孩子，那更不敢去想象了。

呜呼哀哉！若是这样下去，不用外强者入侵，我们整个中国就会自然而然地垮掉了。到时，有谁相信是中国人自己灭了自己的祖国呢？

2013 年 12 月 5 日

生活随想

人·海鸥·北极熊

我曾不止一次地对周围的朋友说过，在人生的旅途上，如果有条件的话，不仅要坐坐火车，还要坐坐汽车；不仅要坐坐飞机，还要坐坐轮船。因为坐火车，可以欣赏窗外风光；坐汽车，可以感受路途艰辛；坐飞机，可以鸟瞰无垠云海；而坐轮船，则可以看到大海，看到蓝天，看到白云，看到海鸥，感受到大海的力量和大自然的神奇与美好。

我第一次看到海鸥，是1976年去汕头当兵的时候。那年，我们应征入伍的新兵，从广州黄埔港码头乘"红旗"号货轮去汕头。在货轮的船舱里睡了一个晚上。第二天早上，货轮还没驶进汕头港哩，我们就看到好多鸟儿。有的在水中玩耍，有的在追逐海浪，有的在围着我们的轮船飞来飞去，还"咕咕"地叫个不停，像在与我们玩闹、戏耍。我当时不认识这些鸟儿。问了带我们去部队的同志才知道是海鸥。

待到轮船进了汕头港，海鸥就更多了。有盘空飞旋的，有岸边歇息的，有水上游弋的。煞是好看，可爱可亲。

汕头是一座海滨城市，濒临南海。到部队以后，我无论是到市内办事，还是在驻地牛田洋，凡是有海边的地方，都可以看到海鸥。海鸥，可说是汕头的一个特色，也是汕头市的一道风景线。

那时，整个潮汕地区生活都艰苦。由于人多地少，粮食不够，加上物质匮乏，农村的人常常以番薯粥充饥，一个星期有二三顿大米饭是奢侈；城里的人也好不了多少。有的通过熟人大老远跑到部队要麦皮什么的。我们的粮票，特别是印有"中华人民共和国"字样的粮票，甚至比人民币还值钱。很有艺术价值和欣赏品味的陶瓷工艺，我们二三十斤粮票就能换到一个，还有名遐海外的潮汕刺绣等。生活虽然艰苦，吃的东西奇缺，但他们除了在海边捉些鱼虾、摱摱牡砺（生蠔）等海产品外，谁也不会去打海鸥的主意，也不管是城里人农村人，一直与海鸥和谐共处。

不但如此，据说不少汕头人，尤其是渔民，把海鸥视为神灵。说是海鸥多的地方，就是鱼多的地方。是海鸥引导他们去打鱼，因而，他们对海鸥呵护有加。有谁会说"我们没东西吃，这么多海鸥，抓海鸥食吧"呢？在市区的海边，一些海鸥随处拉粪便，马路上有，建筑物上有，也没有看到谁去驱赶，也没有听到谁去埋怨、诅咒。

可是，前些年，我听说番禺某地有个吃海鸥的地方，我的心不知怎的一沉。我问告诉我的人："海鸥肉好吃吗？"他说：好吃，好多人吃过。看来，有人在打海鸥的主意了。

近日，读到刘天放的《海鸥与客船》（《杂文报》2011年12月23日），说起他在威海至大连轮船上的遭遇，——同是观看海鸥，周围却有很多人（包括男男女女、老老少少）不是在观看、在欣赏，而是在议论怎么才抓捕到海鸥，然后吃掉它。刘先生最后感慨道："他们中不少人心里想的根本不是该怎样与动物或大自然和谐相处，而是故意地将动物杀死，食其骨肉而后快。我真不知道这是缘于制度的悲哀，还是文化的传承，抑或是过去黑暗年代生存困境带来的后遗症？"

我想说的是，可能是文化的传承吧！你看我们的一些教科书，还有字典词典，里面对一些动植物的注解，除了解释其字意外，还有说明其性能、味道，甚至药用等价值。这样，我们的文化，有很大程度上是关于"吃"的文化，你叫国人如何会自觉地保护大自然，保护动植物呢？早些年，曾有人呼吁要对教科书，对字典词典关于动植物的解释进行修改，不知是否有人响应？又进行得如何？

这两天香港翡翠英文台播出的《冰冻星球》（外国记录片），讲到北极熊。北极熊虽然一个夏季没吃到肉，但它也不会打海鸥的主意，更不会捕杀海鸥以填肚子。相反，与海鸥玩耍、戏闹。饿极了，找不到海狮、海象吃，没办法，也只能潜入到水中找些海带充饥，从不会动海鸥一根毫毛。我们可不能连北极熊都不如啊！

2012 年 1 月 5 日

权且当他讲了回好话

为党为国为民服务（工作）几十年，退休后，每个人都有感想（或感慨）。但感想如何，体现出一个人的思想境界、内心世界和精神风貌。

最近，一位朋友跟我说，某次与退休的一帮老同志吃饭。席间，有位退休几年的说总结出四句话。哪四句话？"居无定所"、"度日如年"、"搵食艰难"、"坐以待毙"……这个人我是认识的，从来没说过一句好话。所以，朋友还没说完呢，我忍不住顶过去。朋友说，我们开始听时也是这样，但对方说你们不要急着骂我，且听我慢慢道来。

按他所说的，原来，"居无定所"，就是几乎天天去旅游，或这里逛逛，那里走走，说不定在哪里住上三几晚，所以说"居无定所"。"度日如年"，是说天天大鱼大肉，大碗吃酒、大块剁肉，日日好似过年一样。"搵食艰难"，是说市场上充斥着假烟假酒和有毒有害食品、蔬菜等，不知吃什么才放心，因而"搵食艰难"。至于"坐以待毙"，"毙"是人民币的"币"字的谐音。他说平时无事坐下来打打麻将，输赢搞点"小刺激"，面对的是钱（币），不是"坐以待'币'"吗？听他这样慢慢地解释，大家才停止骂。

这个人，自以为有点文化，常常爱耍所谓的"小聪明"，加上讲话不凭良心，不分场合地点，所以常常遭人唾骂。

其实，就如他所总结的四句话，我看也不完全对。像"居无定所"这样，你哪能天天去旅游？你即使有时间有本钱去，也要有人陪同才有意思才能快乐啊！说"居无定所"，太夸张太不现实了。还有"搵食艰难"，这也不是老年人退休后的"专利"，而是普罗大众都要面对的问题。

不过，这个对党对社会几乎从没讲过什么好话的人，这回权且当他讲了回好话吧——对自己退休后生活过得还比较满意的好话。

2012 年 2 月 6 日

和唱禾雀花

欣闻清溪大王山森林公园的禾雀花开得不错，上月底又刚搞了"清溪第二届赏花行开幕式暨大王山森林公园开园仪式"。4月2日是清明小长假，我和战友几家便相约去清溪大王山观赏禾雀花。

提前一天，我已给清溪的老朋友李观添去电话，说观赏完禾雀花后到他的场里吃午饭，顺便将我刚出版的《新坛旧酒》送给他。

那天，前往大王山观赏禾雀花的人很多。像赶集一样，离大王山森林公园大门还有好几里路哩，可公路两旁已停满了长长的车队。后面来的人都不敢再往前开，只好自觉地把车子依次序一部接一部地停在后面，然后下车一个跟着一个地徒步前行。

上得山来，只见游人如鲫。有机关干部的，有公司职员的，有全家老少的，有亲朋好友的，有姑娘小伙的。一群群，一帮帮，男男女女，老老少少。大家兴高采烈，有说有笑。我们想插队往前赶，都很困难。只得一个跟着一个，中规中矩。

待到登上山坡，来到一处观赏点观赏完神形兼备的禾雀花后，已是中午12点多了。一战友还想往高处走。我陪他爬了一里左右的山路后，看到还不到尽头，想到让观添等得太久过意不去，便劝他从原路下山，不要再往山上走。

下得山来，再开车到李观添的"清香陇庐"（他那个场的名称），已是中午一点半了。见到李观添我连忙向他寒暄、致歉，并把《新坛旧酒》捧送给他。随即，饭菜也端上来了。我们频频举杯，互相祝贺。

席间，说起大王山的禾雀花。他说，前几天刚好赖立新来，我和他一起去观赏了。他还写了一首诗，我步其韵和了一首。我现在发给你，你如果有兴趣的，也和一首吧！说着，他便拨弄着手机。

赖立新也是我的老朋友，风岗客家人。前些年在市侨办主任的位置上退下来，闲时也喜欢舞文弄墨。

我看了看观添发到我手机里的诗文，如下：

赖立新

春游大王山
大王山峦树笼葱，
樵童常忆旧颜容。
苍藤古芒千枝劲，
巫森山寨半壁空。
禾雀娇艳惹常客，
山花漫灿醉蝶蜂。
游人慕名纷拥至，
诗友兴会春意浓。

李观添

步《春游大王山》
春意盎然万木葱，
大王山麓展新容。

原始果林漫遍野，
古寮断墙人杳空。
似玉雀花成胜景，
簇串摇曳似彩蜂。
秀色一时观不尽，
铭心难舍恋意浓。

　　对于诗词曲赋，我颇喜欢，但不太会作，因而也作得少，且几乎没有几首是成功的。回到莞城后，我想这也是一个锻炼机会，因而试着和唱起来。

慕名而往大王峰，
岂知游人阵满容。
停车数里步行至，
挨肩接踵难有空。
簇簇雀花惊过客，
黄蜂彩蝶醉山峰。
游罢清香陇庐叙，
诗情酒意兴正浓。

　　过了一两日，我对个别的词句作了一些修改，然后发给李观添。他收到后，也对个别地方作了修正，其中"诗情酒意"（我原来是"诗意酒意"）改得最妙。

2012 年 4 月 6 日

关于《新坛旧酒》

　　早就想把旧作结集成书了，但又怕不够一本书的分量，故此一搁就是十几二十年。心想，到退休时再说吧！

　　去年7月下旬一个周末，与友人几家相约去清溪住一晚，第二天爬银瓶嘴。招呼我们晚饭的是清溪镇党委委员李子标。席间，我问起该镇原党委副书记、我认识十多年的老朋友李观添来。阿标说，很好啊，年初出了本书；有个场仔（指农场之类），可以摆上几席招呼人。又说，哈！如果知道你是他老朋友，今晚在他那儿吃饭就好啊！我说：不用急，我们明天上午爬完银瓶嘴，就到他那里吃中午饭，顺便向他要书。于是第二天，我们爬过山后，就来到他的场里吃午饭。

　　饭前，他给我们每人赠送一本年初出版的新作《碧野寻芳》，并签上大名。我打开书看他的简介，不看不要紧，一看，才知道这是他的第七本书。他出过书，我是知道的，但想不到这么多。十多年不见，真的刮目相看了。

　　我当时想，自己还说等到退休出书哩！等什么退休呢？立即干！于是，回到莞城后，我翻箱倒柜，把旧作一篇篇地翻出来，让同事帮手打印了。现在回想起来，假如没有这次爬银瓶嘴，假如这次到了清溪没有拜会老朋友李观添，我这些旧作还是会放在柜子里几年，直到我退休的。

《新坛旧酒》出版后，我就有意识地赠送或邮寄给一些亲朋好友。邮寄之前，我先发信息让一些好友告诉我具体的地址。有个当年跟我同在军组织处的战友说："景新战友，我一直认定您有朝一日出书，今天终于成为现实。"然后是请寄某某某地址。一个在镇机关当党政办副主任的朋友的信息："你好新哥，阁下的著作收到，非常感谢！里面论录的'新'论语褒贬时下现象，很有见解，我会好好拜读。"还有两个远一点的战友（首长）盼书心切，一个给我短信："您的大作寄来了吗？"一个说："大作寄来了吗？期盼心切呀！"前者收到后来短信说："老战友您好！你邮的大作已收。悉心拜读，倍感亲切。你不但是军中'豪杰'，更是一位'文人'，书写的虽是'文章荟萃'，但道出的确是人生真谛！可敬！可佩！"后者短信说："新坛装旧酒，香气遍万里。品尝人已醉，胜过五粮液。即赋打油诗，衷心祝贺你。"还有一个市作家协会会员、晚我一年入伍的战友给我短信："新哥，看了你的书，很有时代气息，又有思想深度，为我们当兵的争了光。"我的老首长、老新闻工作者、官至《羊城晚报》副社长的王赛英，也给我发短信："今天收到你的书，很高兴，按过去的印象，你能有这样的作品，难得！今非昔比，这是造化也！"还有个更高级别的部队首长，4月下旬来东莞度假，我探望他。他说，这些年部队有不下10人都给我寄过书，你这本书算是好的。

我读高中一年级时的语文老师、"文革"前武汉大学中文系毕业的张才荣："你的'新坛旧酒'写得很好，叙事平实，议论精到，寓抒情于叙议之中，小中见大，实中有虚，观微知著，可见你是个生活工作的有心人。"

还有一些老朋友说我有远见，瞻前；过去二十多年说的问题今天还有意义……

上面的评价，有些可能过高，不太准确。但我这本书的不少文章，自己认为确实是付出心血与感情的，是有自己的思想、见解和语言的。如果不把它出版，丢在一边，或束之高阁，是有点可惜的。我送书给朋友时，他们好多人对我这样说：这是精神食粮，比送钱送礼物什么的还好！

可知看过《新坛旧酒》的朋友，是不是这样认为？

2012 年 5 月 16 日夜

漫游塞班岛

　　"五一"前夕，战友锦波叫我和妻子一起，几家一起去塞班岛旅游，说是 4 月 30 日出发。

　　塞班岛？塞班岛在哪里？这些年，只听说去马尔代夫的人多，似乎没听说过塞班岛啊！于是，我上网借助"百度"，想了解塞班岛的信息。结果，将"塞班"听成"翠斑"，找来找去找不着。后来，锦波将行程传真过来，才知道是塞班岛。

　　百度资料显示：塞班岛（SaipanIsland）是北马里亚纳联邦（CNMI）的首府，位于太平洋西部，菲律宾海与太平洋之间。西南面临菲律宾海，东北面临太平洋。CNMI 包含 15 个岛屿，与位于其南部的关岛共称马里亚纳群岛。由于近邻赤道一年四季如夏（全年日平均气温在 26℃～28℃），风景秀美，是世界著名的旅游休养胜地。

　　我们 4 月 30 日晚在广州白云机场乘四川航空公司的 A380 客机飞往塞班岛。飞机起飞晚点，8 时 10 分才起飞。经过 4 个半小时后，到达塞班已是当地时间凌晨 2 时半（时差比北京时间快 2 个小时）。抵达塞班后，排队出关，又要搬行李，出得闸来，已是 3 点多了。我们第一站住天宁，塞班到天宁岛还要坐 8 分钟的小型飞机（包驾驶员只能坐 6 人）。坐小飞机前还要磅行李、磅游人，根据行李和游人的重量来安排座位。所以搞来搞去，到达天宁皇朝酒店（天宁岛唯一一家接待游客的酒店）已是早上 5 点半了。好在上午没有安排活动，我们可以美美地睡上一觉。

当天下午 1 点半，我们按行程安排天宁环岛观光游。沿途包括 TGA 皇朝遗迹、日军通讯站、日出神社、天然神奇喷洞（据说是世界五大奇观之一）、旧美军机场、二次大战原子弹出发点、神奇星沙海滩等。看似景点很多，其实，两个小时左右的时间就结束了。

第三天自由活动。我们自费安排天宁岛深度游。所谓深度游，就是菲律宾海、太平洋海、日军万岁崖、一个不能游泳的沙滩（可能因石头太多）和到一当地土著人家做客——食水果。

第四天，返回塞班岛。在塞班岛也住了 3 个晚上（严格来说两晚半，因为第六天是凌晨 2 点 20 分的飞机）和 2 个白天。按旅行社安排，只有环岛观光游。我们自费增加丛林之旅、畅游军舰岛和在游船上共享夕阳晚餐。此外还有半天多的时间自由活动。因此称这次旅游为漫游，也就是慢节奏地游，边走边欣赏地游。

不管怎样，这次旅游，我收获很大。

天宁岛——我叫阿嬷来给你数星星

在天宁岛的第二天晚上，我们在酒店用过晚餐，就漫步在酒店附近的公路上，漫步在火山喷发时形成陡峭山崖的太平洋海边。这时，水天一色，整个夜空布满了星星。真是满天星斗，好像伸手就可以摘到的那样。这使我想起了儿时的家乡。在上世纪五六十年代，我们家乡每到晚上，天上也布满了星星啊！到现在为止，我认识的北斗星、牛郎织女星，就是儿时用簸箕当草席睡在地塘上阿嬷教会的。可惜的是我不是天文爱好者，对其他的星星一点也不知。而天宁岛，这个纯净无污染岛屿的夜空，比我儿时家乡的夜空还清晰、透彻。因此，我突然冒出一句：天宁岛，我叫阿嫲来给你数星星！这有点像广告词的味道，然而实实在在是这样。

听导游介绍，天宁岛面积 120 平方公里，只有 3000 人，其中 2 个医生、2 个护士、9 个警察（又是巡警又是消防）。岛内除了天宁皇朝接待游客的五星级酒店略高些外，其他建筑物都是一二层高的。没有工业。我们沿途观光中又很少看到有农作物。只有一些果树和凤凰树散落在土著人的房前屋后。其他的都是丛林或荒野。像这样的环境，像这样的地方，星星怎么不又多又亮，夜空又怎么不清澈透明，好像就在眼前呢？由于我是天文门外汉，只好让阿嫲来给你数了。

军舰岛——满脚都是海参

过去，我到过一些岛屿，如东马的邦略岛（pulauPangkor），西马的凌家卫岛（Langkawi），包括泰国芭堤雅附近的几个岛屿。但像军舰岛那样，海水清澈见底，满脚都是珊瑚，满脚都是海参的岛屿，还是头一回。

军舰岛其实是一座小岛，周长仅 1.5 公里，位于塞班岛的东南面。从码头乘双层船去不到 20 分钟。就是这么一座长形的岛屿，据说在第二次世界大战中，美军在空中轰炸时，将这座小岛误认为是一艘军舰，于是引来一阵狂轰猛炸。但奇怪的是怎么炸也炸不沉。美军军官下令轰炸机慢慢靠近这军舰。在逐渐靠近着这所谓的军舰时，美军士兵惊呆了，喊着 oh, mygod。原来是个小岛，这就是军舰岛的由来。

军舰岛之所以多珊瑚，我个人认为可能有两个原因：一是这些岛屿，都是火山爆发时形成的，是火山熔岩。而珊瑚，最喜欢这些坚硬的东西。君不见，我们看海底世界之类的记录片，许多深海沉船，都布满了珊瑚？二是太平洋海水中，本身就充满了珊瑚的"细胞"，因此，这里珊瑚多并不奇怪。但是海参呢，在夹于岩石与岩石之间的布满细沙的海床中，我们看到的都是海参。稍微不注意就会踩到。我们捞上来，圆圆的，都在半斤以上。也有方形的，但不多，我只捞过两条，像极大的毛毛虫那样。除了珊瑚丛里的鱼儿外，我还看见海星、海螺，并捞了上来给锦波他们拍照。

其实，除了得天独厚的地理位置和条件外，我认为这儿这么多珊瑚和海参，还有赖于政府倡导的环保意识和执法。政府规定，在军舰岛无论是潜水、游泳，完后都不能用洗涤液或其他带有化学成分的洗涤剂冲洗，只能用自来水冲洗；海上所有的生物，你捞上来看看可以，但不能带走。这样，有了这些规定，游客谁敢不自觉遵守呢？要知道，不用说潜水，不用说水上跳伞等项目，光是游泳的，每日上午中午，都有一千几百人啊！

天宁塞班——露天的战争博物馆

天宁、塞班两岛，除蓝天、白云、大海，处处可见的凤凰树、鸡蛋花和夜间满天星斗外，还有许多战争留下的遗址遗迹。因此，这也可说是一个露天的战争博物馆。它告诉人们，要和平不要战争；一切霸权者，绝没有好下场。

想当年，日本法西斯主义者为了构造所谓的"大东亚共荣圈"，雄心勃勃，不但把战事烧到了中国，烧到了缅甸、越南、老挝、泰国、柬埔寨、马来西亚和新加坡，而且偷袭了美国珍珠港。这下犯众怒了，美国佬怒了，东南亚的人民怒了，他们纷纷奋起反击，与日本法西斯主义进行艰苦卓绝、保卫家园的战斗。美军经过3年苦战，夺回太平洋上日军占领的各岛，也包括塞班岛。1945年7月26日，中美英三国联合发表《波茨坦公告》，促令日本无条件投降，但日本拒绝接受。8月6日和9日，美国把仅有的两颗原子弹投在广岛和长崎，日本才乖乖宣布无条件投降。

虽然 68 年过去了，但天宁、塞班两岛，许多地方还有二战时的遗址遗迹，包括日军通讯站、日军最后司令部等。还有一些被炸毁的坦克、大炮。在天宁岛的自杀崖边，我一战友还捡到一个子弹壳呢。

在天宁岛美军装载原子弹的地方，我看到左右相距十多米各有一个长 3 米、宽 2 米、深 2 米左右的坑。导游说左边的叫"小男孩"，右边的叫"大胖子"。小男孩去炸广岛，大胖子去炸长崎。看到这两个遗址，我猛然想起宋代大词人苏东坡的《念奴娇·大江东去》。我将后半阙略加修改，如下：

> 遥想天宁当年，
> 男孩出发了，
> 雄姿英发。
> 威力无比，
> 谈笑间，
> 樯橹灰飞烟灰。
> 异国神游，
> 潇洒陪伴我，
> 少生华发。
> 和平世界，
> 遇事把酒言说。

好在美国大度。现在，每年让日本人来拜祭亡灵，允许他们在自杀崖、万岁崖等地立碑立墓。碑墓上一般写有和平、友谊等字样，提醒人类战争的可怕。若是这样，世界就太平安宁了。可一些国家当局的执政人，是不是这样想呢？

2012 年 5 月 25 日

退休同志说"三有"

几年前，与一些退休的同志吃饭。席间，有一退休不久的同志说："人退休后，最要紧的是要'三有'啊！"

哪"三有"？那位同志说：老本、老伴、老友。

以后，陆续接触到一些退休的同志，也说要有"三有"。后来，有一朋友告诉我，某某补充了一"有"，说最好还要有一个"窝"，即聚会娱乐之场所，比如场呀什么的，就是一个专门供聚会娱乐之用的属于自己的地方。

这"三有"或者"四有"都容易理解。但我以为"老本"，除了些本钱积蓄这属于经济基础的东西外，还应包括本事本领。这是个属于个人的专业专长，诸如写作、摄影、书法、画画、演讲等。这样，虽然退休了，但有一专长、本领，以后的日子过得照样充实、丰富。我认识一些朋友，虽然退休十来年了，但由于有这些特长和爱好，仍活跃在文坛、画坛、影坛、报坛等舞台上。原市委副书记张群炎，在书法造诣较高的基础上，退休后专门学习和研究画画。走到哪画到哪，结果收获颇丰，还在广州、上海等地举办了个人画展。有些人退休后，感到日子难过，整天无所事事，精神失落，行也不是，坐也不是，这不能不说与缺乏本事本领有关。

当然，本钱重要，也是基础。但我认为本领本事也同样重要；并且有本领本事的照样可以赚钱。其实，退休后的生活，并不需要好多本钱的。一个人工作几十年，多少都有些积蓄，再加上每月几千元的退休金，如果不用诸如购房购车等大的支出，生活还是过得滋润的。可惜的是有些人不这样认为，非要在退休前捞一把不可，致使"晚节不保"，悔恨终身。像原韶关市委副书记、公安局长叶树养，三个"两千万"：儿子两千万，女儿两千万，自己两千万，结果被判死刑。还有最近报道的原信宜市委书记、茂名市人大副主任朱育英，觉得干了一辈子革命，跟别人一比自己家里什么都没有，结果贪污受贿也锒铛入狱。人退休后，身体好的，顶多还有三十几年的光景，要那么多钱干什么？即使是"四有"，想造一个"老窝"，也不用这么多钱啊！可就是有的人贪得无厌。

　　至于"老伴"，犹如"陈年果皮"——越老越可爱，共同生活的时间越长越好。因为只有"老伴"才能做到不嫌不弃。像美国北卡罗莱纳州的海伯特·费谢尔和泽尔米拉·费谢尔夫妇那样，至今已共同生活了85年，当然更好。不过，能如前不久去世的当代著名漫画家黄苗子那样，与夫人郁风相濡以沫了63年，那也是非常幸福美满的了。

　　至于"老友"，也不可或缺。一个人，没有朋友同你交往、同你交流、同你分享喜怒哀乐，你就会感到空虚、寂寞，你有大把的钱都没有用。你没病会闹出病来。但现实生活中，就是有这样的人，特别是担任领导职务的人，退休前，前呼后拥，门庭若市；退休后，如"麻风佬"，无人敢粘，一个知心的朋友都没有。是世风日下，"人走茶凉"，还是别的什么原因，只有他自己知道。

　　退休后要有"三有"，这是离退休老同志的体会和感受。三者相辅相成，必不可少。这样，晚年的生活才丰富，才精彩，才能够永葆青春，发挥自己的爱好和特长，发挥自己的聪明才智。如果有条件的，有经济基础的，再落实一个"窝"，那将是最完美不过的了。

2012 年 5 月 27 日

去去三山，足矣

　　谈起旅游，中国的名山胜景多的是，但谁也不可能一个一个地游遍。如何是好？我以为，人一生中能去去三山，就足矣。

　　哪三山？

　　答曰：安徽的黄山、江西的三清山和河南的云台山。

　　何以见得？

　　我以为，黄山恢宏、挺拔、秀丽。以峰为体，峰峰相连。天都峰、莲花峰、光明顶、始信峰、玉屏峰等一个一个地耸立在你面前，最高处1864米。你只要上到黄山，就是山的世界。况且，游黄山的线路，一般都是在山背上走的，可谓头顶青天，脚踩山背。你站在黄山上，悠然有一种昂昂然，飘飘然，傲视群雄的感觉和"会当凌绝顶，一览众山小"的英雄气概，甚至会情不自禁地放开喉咙大喊："黄山——我来了！"

　　三清山因玉京、玉虚、玉华三峰峻拔，犹如道教所奉的三位天尊（即玉清、上清、大清），列坐其巅而得名，自古享有"清绝尘嚣天下无双福地，云凌云汉江南第一仙峰"之殊誉。"奇峰怪石、古树名花、流泉飞瀑、云海雾涛"并称自然四绝。还兼具"泰山之雄伟，黄山之奇秀，华山之险峻，衡山之烟云，青城之清出"。"是世界上为数极少的精品之一，是全人类的瑰宝"（原美国国家公园基金会主席保罗语）。游三清山，它的线路是在半山腰甚至是大半山腰盘旋在悬崖峭壁间的高空栈道上行走的。盘旋在西海岸和东海岸的高空栈道，犹如一道道天桥，沿着陡峭的悬崖峭壁，一直蜿蜒向前伸去。人们走在栈道上，头上是悬崖峭壁，脚下是万丈深渊，看似有点骇怕，但周围景色，乃至远近的风光，是百看不厌的。

至于河南焦作的云台山，也是大山。它属太行山系，以山称奇。主峰茱萸峰 1308 米，整个景区奇峰秀岭连绵不断。但它的游览线路，一般是行走在山涧下座与座大山之间的峡谷深处。这里有瀑布，有流水，有清泉，有怪石，加上各种原始植被，正所谓"三步一泉，五步一瀑，十步一潭"。群峰耸峙，山势雄特。人行走在山涧上，犹如置身在一幅宏伟浑厚的山水画之中，简直是美的享受。

有道是："窥一斑而知全豹"。一个在山背上走，一个在山腰上走，而另一个又是在山涧中行，这样，上、中、下，立体地、全方位地看山、观山、游山，你对山还有什么不了解的？其他山，不看也罢，去去这三山，我以为足够了。

2012 年 5 月 29 日

又游莲花山

　　番禺的莲花山，坐落在珠江口的狮子洋畔，几乎与"香飘四季"的麻涌隔洋相望。记得 20 世纪六七十年代，我们水乡人只要行船在洪屋涡或麻涌水道上，甚至行走在大田上，就能看到莲花山和那笔直高耸矗立在山顶上的莲花塔。

　　莲花山不高，才 108 米，面积也只有 2 平方公里多。那时，虽离家乡不远，但由于温饱没解决，哪里敢奢望游山玩水？也没有那种旅游意识，况且交通不便。直到在部队转业回地方工作后，有一次，麻涌的同行说，莲花山是不错的，什么时候带你们游莲花山去？于是，第一次去了莲花山。

　　不去尤自可，一去，就被莲花山的景色所吸引了。特别是古采石场（其实，莲花山的景点主要是古采石场。据说古采石场开采时间自西汉初年一直延续至清代道光年间，西汉南越王墓石料即采自莲花山。莲花山古采石场由大小 40 余座丘陵组成，面积 30 余万平方米。它以切割式凿岩法开采，遗留的采石面平均高度为 25 米，最高处达 40 米，最深处在地面下 13 米），什么白象石、顺景岩、燕子岩、百福图、剑门、溅玉、仙人榻、云梯、碧莲池、浴仙池、八仙岩、观音岩、狮子石等景点，有的横空出世，突兀眼前；有的壁立千仞，无欲则刚；有的刀削如竹，挺直拔立；有的无心插柳，巧夺天工。真是本来同一物，却横看、侧看、近看、远看、仰看、俯看都各不同。尤其是那莲花池、浴仙池、莲花飞瀑，那泉、那水、那池，清澈见底，倒影如真。令人流连忘返，拍照不停，非杀你十卷八卷胶片不可（那时还没有数码相机）。

由麻涌坐机动船去莲花山，大概半个钟头左右就到了。船靠码头，我们步行到莲花山脚下，上莲花山，从南至东，游览完整个古采石场，一般需要一个半或两个钟头的时间。

以后，我又去了几次莲花山，包括虎门渡口和虎门大桥建成以后。而每次去，都有收获，感觉良好。

但是最近的一次，却使我感触良多。

那天，是星期天。我们几家人从洪梅出发（约好在洪梅食早餐），在麻涌上沿江高速去莲花山，不到一个小时就到了。进入景区，只见路两旁的花草树木修剪得整整齐齐，造型别致，给人一种清新、干净的感觉。我们把车子停在靠近莲花塔下的停车场，就向莲花塔下——莲花山上最高点的地方走去。站在最高点，放眼莲花山，到处花团锦簇，绿树婆娑，一派生机勃勃，欣欣向荣的景象。遥想当年，莲花山上的树木，并没有这么多，也没有这么粗大的。现在，整个山头似乎更绿更美了。

然而，当我们探访古采石场景区，从飞鹰岩高处沿台阶石级小径往低处走时（过去我们一般从南向东，即从低处到高处），过去沿途一池池、一泽泽、一洼洼的倒影着奇石美景的山泉清水，现在却成了污水，死水，甚至有的发黑发臭，游人不敢靠前。过去可以划着竹排，坐在竹排上边划边欣赏石景的燕子岭，可能是水变脏了的缘故吧，原先的竹排不见了。山水山水，相映成趣；山边有水，水中有山，浑然一体，相互争辉。现在，水变脏变污了，还有什么倒影？即使有，倒影也变了颜色了！

还有一个致命的，就是过去无论从低处往高处走，还是从高处往低处走，都是一条小径，拾级而上（或而下），曲径通幽。伴随着那一潭潭清泉，可说是十步一景。加上横看侧看，各有不同，需要细细品味，慢慢欣赏。可现在，不知从什么时候起，却在小径上修建了一条电瓶车观光道。这观光道，由于有的是凌驾于小径上面，把一些原本在小径上欣赏的景点给遮挡了，搞到有的地方想拍到好照片都不容易（如百福图景区），真是扫兴啊！本来，原来的小径路程并不长，走走停停，停停走走，一般都是个把小时罢了，又不是很陡，用得着坐观光车吗？看来，景区管理者的观念有问题。

现在，莲花山表面上是美丽了。你看，人来车往，熙熙攘攘，好不热闹，每天不知有多少善男善女去参拜望海观音和观音阁（在港澳知名人士的倡议和捐助下，建成于 1994 年）。山上还建有一家较大的酒店和一个度假村（我怀疑那古采石场的泉水变脏变污可能是这个原因所致），据说是方便游人食住。但我觉得最有价值、最值得炫耀的是古采石场快要被毁掉了。古采石场景区如果保护不好，生态环境恶化，那就失去"神奇的莲花山"了。

但经营者也许认识不到这一点。你看，莲花山每逢节假日人来车往，好不风光，更不用说每逢民间的观音诞、观音开库、重阳节和农历的初一十五，以及莲花节、桃花节和文化节等等了。门票每人 40 元，车辆每辆 30 元。这样，每天赚多少钱？只有经营者知道。但是，经营者有所不知的，是建造一个"观音"容易，而建造一个"古采石场"难啊！

2012 年 6 月 7 日

不看连续剧

　　我这个人有点怪，就是从来不看电视连续剧——也不管是国内的、港台的，还是外国的。

　　我不是固执，不是偏见，而是我有我的缘由。

　　一、没那么多时间去看。工作之余，特别是晚上下班后，我大部分的时间是看看电视新闻，看看报纸和读读书，还有晚饭后散散步。晚饭过后在小区走个把小时，缓冲工作上的压力和精神上的疲倦，顺便思考一些事和问题。因此，电视台有那么多时间去播放连续剧，我却没那么多时间去看，更没有那么多时间去追。

　　二、电视台播放连续剧，很大程度上是为了赢得广告，追求更多更大的利益。他们巴不得一出电视剧有365集，这样，一出就可以播一年，多轻松？而广告只有多没有少。君不见，一些上世纪五六十年代家喻户晓人人皆知的故事片，不是也被拍成连续剧吗？就连一些本应很简单很容易理解的所谓科学现象，也故弄玄虚，非搞它三四集五六集不可。为什么？就是为了广告。现在，电视频道虽然有五六十个，但有自己特色的不多。实际上都在播电视连续剧。甚至是同一时间播同一连续剧的也不少。而我，不敢恭维。

　　三、现在的连续剧，据说粗编滥造的不少。讲历史的缺乏历史真实，讲生活的缺乏生活真实，全凭编剧胡编，全凭导演指挥。导演说"脱"就脱；导演说"上床"就上床，很少顾及剧情的需要和发展。这也难怪，事情（包括事件）就这么些，你硬是拉长它，不添油加醋、掺水拌粉、节外生枝哪行？可我不能被误导，不能被蒙骗啊！

我不看连续剧，看些什么呢？

我喜欢看香港两个英文台（翡翠和亚视）的大电影（晚上9点30分的故事片）。虽然不懂英文（以前"有线电视"联网时是有丽音的，升级为"数字电视"后反而没有了。不是说升级了吗，怎么不如以前的呢？我不明白），但有字幕，知道说些啥。加上广告少，两个小时左右，就可以看完了。要知道，那些故事片，都是获过奥斯卡、艾美、嘎纳等大奖的啊！花两个小时，就能享受到一顿美的电影艺术大餐，你说值不值得？

我喜欢看动物世界、海洋世界、地球星球、南极北极等栏目，那也在翡翠和亚视英文台。这两个台，如果不放大电影的话，一定会播放这方面的节目。通过他们，我认识和了解了世界上许多动植物以及它们的繁殖、生存；认识和了解地球、星球的内部构造，形成和现状；认识和了解了随着气候的变暖，南极北极的变化、一些动植物的变迁，等等，那真是一个认识事物、感知事物的窗口。现在中央9套播放的记录片，只不过是步这两个台的后尘罢了。

我喜欢看"大地任我行"和"世界乐游游"这两个节目，也是翡翠和亚视英文台的。它告诉你一些世界上的风景和古迹。这对于喜欢旅游的人来说，不能不说是一个很好的窗口。

我还喜欢凤凰台的"凤凰大视野"和"皇牌大放送"。它的"我的中国心"、"××纪行"、"××沉浮录"等栏目，教你认识历史、认识人物、认识事情的真相和一些鲜为人知的内情。像达赖喇嘛，要不是看凤凰台，我还不知道他逃亡到印度后，一直得到美国政府的资助，是美国在养活和操纵着达赖喇嘛。

我还喜欢中央台拍摄的"边疆行"、"沿海行"。它教我认识祖国的山山水水、地理名胜、风土人情、传统文化以及富庶贫穷。

总之，我喜爱科学、喜爱自然、喜爱寰宇、喜爱动物植物、喜爱名胜风光、喜爱我还未涉足的世界和知识……

虽然这样，但我不会为电视着迷。因为电视这东西，直观、形象，让人不去思考，不去想象。看多了，会使人变懒，变蠢。因此，我常常会适可而止，就此打住……

2012 年 6 月 22 日

难忘那次恳亲会

每个人的一生中都有难忘的经历和事情。我最难忘的是一次恳亲会。这个恳亲会，并不是说开得有多特别，有多出色。而是人家有要员来，我们所入住的酒店跟平常一样，照常营业，照样"酒在饮，舞照跳"。商场照开，游乐场照转。

那是 2001 年 11 月 10 日 ~ 12 日，第四届世界惠州客家恳亲会在吉隆坡云顶酒店举行。当时，我作为吉隆坡雪俄兰东安会馆的特邀代表，与市外事侨务局的几位领导一同前去参加。会议议程共 3 天，其中第二天是马来西亚首相马迪哈前来致词、举行记者招待会和与各代表团照相。这在平时也许没什么，但要知道，当时离"9·11"恐怖袭击不久，谈论拉登的话题正热，故此各国的安保都很紧张。而我们则看到，马迪哈首相到来之前，安保人员只在酒店的停车场用仪器探测了一会儿后就离开了，马迪哈来到时并没有戒严。偌大的云顶酒店，包括户外游乐场、室内游乐场、娱乐场、商场、赌场等等，照样营业，照样运行。我想，除了我们与会代表知道马迪哈首相到来之外，外围人，其他人可能是不知道首相到来的。因为他没有影响其他人，没有妨碍其他人。游客、住客、管理人员和服务人员，该做的照做，该乐的照乐。

就是这么件小事，这么件在特定的历史背景和时间里的小事，使我难以忘怀。

　　因为我常常想起在报上看到的有关一些大人物到某地视察，要将某路段封起来的事，想起一些朋友说到某风景名胜旅游因什么领导前来而不准进，以及一些要员到某酒店度假，整栋酒店也得戒严的事。而每当想起这些，云顶恳亲会的情景便浮现眼前，形成鲜明对比。

　　同是高官，同是大人物，为什么我们的警卫森严，层层设障，生怕百姓近前，而人家外国首脑却轻松自如，非常随便。难道他们就不怕百姓，不怕人民；我们是共产党的天下，且太平盛世，却反之怕百姓，怕人民？

　　其实，你出巡，你视察，你度假，不轻易惊动市民，市民根本不知道。一惊动，警车开路，红绿灯照冲，前有警卫，后有警卫，市民反而知道了，何为呢？今年春节期间，我在中山温泉酒店度假。当时在酒店度假的也有些人。本来，你度你的，我度我的，这没什么，也很平常。相遇时，热情地彼此打打招呼或不打招呼，也就过去了。某日散步，行至某栋别墅时，但见有五六名武警把别墅周围的道路围住，不许游人靠前。这让明眼人一眼就可以看出，这栋别墅有大人物居住。看看这架势，一张扬，反而"泄"密了。事后，我听那别墅的管理员说，是一位退休后的国家政协领导。你看，退休后的大人物尚且如此，何况在职在位的呢？在我国，什么样的官配什么样的警卫，等级就是这样分明！

　　我经常想，我们的首长原意可能不是这样的，怕是被"手下"，被一些"军师"搞坏了。一些"手下"、一些"军师"点子多，计谋多，为了首长的安全，为了首长的事不被干扰，多一事不如少一事，层层加码，层层设防。而下面呢，也怕出事，也怕负责任，于是干脆处处设岗，步步布防。能将整条路封起来最好，能将整个景区封起来最省事，能将整个酒店封起来最省心，管他影不影响他人，管他妨不妨碍百姓，管他天下太不太平。总之是首长的安全第一，其他的先放一边。

　　"手下"、"军师"，包括下面这样考虑问题，或无可非议，因为一切为了首长的安全起见。而首长呢，是察觉不到吗，是感觉不出来吗？若是察觉到了，感觉到了，不提出纠正，不提出反对，那就是默认了，就是许可了，就是接受了，心安理得了。上世纪五六十年代，记不清楚是彭总还是贺龙了，有次到某名山游览，手下的人看到他大汗淋漓，十分费力，便找来把轿子，要抬他上山。他当场反感，说：我不是老爷，不能骑在人民头上作威作福。制止了手下的所为，坚持步行上山。现在，有哪位高官、大人物、首长说过"我不是×××，不能把我与人民隔绝开来"这样的话语？

　　总之，多一个警卫，就与人民群众多一段的距离。不知大家是不是这样认为？

2012 年 7 月 10 日

饮酒当记三句话

十多年前，在一次饭局上，谈起饮酒，有一朋友说了三句话："小饮有力；多饮无益；再饮死直！"意思是说，酒这东西，饮少量、适量是可以强身健体、增加力气的，多饮就没有什么好处了；而再饮，毫无节制地饮，就是找死了。现在看来，这三句话可说是至理名言。

纵观现实生活中，有多少人因为"干"！"再干"而一命呜呼啊——有的一睡而不醒的（美死），有的掉进粪坑而命乎的（臭死），有的醉驾撞车或开到河里而溺亡的（惨死），当然，更多的是因为饮酒过量而伤肝伤胃患上绝症慢慢死去的。前几年，某地有官员就是这样去的——在遗体告别仪式上，其子除了感谢大家对他父亲的关心照顾外，还劝告大家不要像他父亲生前那样豪饮猛喝；饮酒要适量呢。

然而，即使这样，我身边的不少朋友照样豪饮猛饮：仰起脖子，一口就是一杯。有的是六十多岁的人了，还互不相让，坐在一起必要"比试比试"，非要"第一"不可。

我有一战友，每次饮酒，不管是大杯小杯，白酒还是洋酒，一仰脖子就干完。我说，你哪里是饮酒？分明是倒酒、灌酒。这样饮有啥意思？好酒都给你浪费了。我原以为他喝酒是最"牛"的，想不到一山还比一山高——前不久，我休假组织一大帮人去黑龙江的大庆、五大连池、伊春、佳木斯、三江口、抚远等地转了一圈。其中有另一战友喝酒更牛，三两多的杯，一口一杯，可以连干三四杯，我看得目瞪口呆。有天晚上喝酒，把载我们穿州过省的一个黑龙江司机都喝醉了（好在有两个司机）。

　　明知道酒不是什么好东西，为什么有些人还是不要命地喝？据我观察，有的人确是能喝。"一斤随便，斤半搞掂，两斤界（普通话"给"的意思）面"，仿佛酒精对他全然不起作用，令人咋舌；有的人"高巾冢"（广州话，意思为棒，好样的），喜欢别人说他行。别人夸他几句，他就以为自己天下第一了，哪管他"螳螂捕蝉，黄雀在后"呢？有的人不服输，意气用事，似乎认输就是"衰仔"，就不是男人，因而"棺材佬上山——死顶"。殊不知，自己酒力有限，不醉才怪呢！还有的人，喜欢醉饮，烂饮。"我唯一的嗜好就是酒，你不让我饮酒，等于叫我死？"你看，话说到这份儿了，谁还敢劝他少饮点？至于那种专看热闹，初时说不会饮，待到人家饮到差不多了，才上阵，想整醉你一两个而后快的"小人"，我们不妨共同声讨遣责，并驱逐其出台。因为这种人"缺德"，不长"心眼"。

　　"小饮有力；多饮无益；再饮死直！"为了健康，为了生命更长久，让我们好好记住这三句话吧！好酒一顿是喝不完的。只有少量地饮，慢慢地喝，才能喝出滋味，品出甘甜，尝出快乐。也才能把有限的生命延长一点，再延长一点，以便更好地享受生活，品味人生。

2012 年 11 月 13 日

说说导游

　　人们外出旅游，一般离不开导游，尤其是跟旅游社的；即使是自驾游，有时到达一个新的地方，也喜欢请个导游，顺便带路作向导什么的。

　　我喜欢旅游，也经常旅游（每年不少于三五次，诸如"五一"、"十一"、春节长假，还有每年15天的年假），同时在旅游中认识和领教过不少导游，因而有"资格"说说导游。

　　有的导游，很会体贴游客，为游客着想。经过几个钟头的飞机，游客下机后一般会疲劳，会不适，这时，简单的几句自我介绍和寒暄后，他（她）会让游客休息或进餐，待到游客精神了，再进而讲解当地的概况、风土人情以及文化典故，使游客对当地有个大概的了解；即使是讲解，他（她）也会看大多数游客的脸色行事。游客感兴趣了，他（她）就多讲，不感兴趣，就少讲，总之一切为游客着想。而有的导游，机械死板，照本宣科，全不顾游客的反应和休息，啰啰唆唆，喋喋不休，直到游客说"不要讲了"，才尴尬地打住。

　　同是看景点，有的导游总希望游客多看一些，看细一些，并注意讲述其来源、典故出处以及相关的故事，使游客兴致盎然，乐此不疲，甚而进一步"探幽"、"探险"，认为不枉此行。而有的导游，怕辛苦，怕麻烦，怕负责任，"任务式"似的，但求游客去过，不太求游客甚解。

同是进餐，有的导游会事先张罗服务员，先冲茶倒水（因为广东人一般吃饭前都要喝喝茶），再慢慢上菜、上饭，做到饭热菜香。而有的导游，任凭餐厅先上饭上菜，甚至客人还没来，已将饭菜上齐了。好似当游客是猪狗一般的，令人大为扫兴。

再说入住酒店。游客进入房间后，热心勤快的导游会到每个房间问问游客，房间的设施是否齐备，有什么问题？第二天早上出发，在车上也会问游客昨晚睡得可好。而有的导游就没有这么勤快和热心。

接触和认识这么多导游，最使我恼火的一次是在新疆。那次，我们走的是丝绸之路，从西安开始，甘肃、敦煌、新疆一路走来。一天上午，我们游览两个景点（其实只有一个，因为下雨，高山草原景点只在车上看了一下），却要逛三个购物点。以往每到一个购物点，游客如不愿意购物的，好多导游会让游客待在车上，自己下去签个到就行了。但这次不行，那导游小姐非要游客个个下车不可。还诉说自己大学毕业，当导游工资如何低，就是通过游客到购物点购物得些回扣才能生活云云，大向游客诉苦。特别是到第三个购物点时，已过中午一点多了，早已超过吃中午饭的时间了。但她全不顾游客的感受，一味赶着大家去购物。当时，因我是"搭单"的，不好发作，只能迁怒于该单位的带队领导。我说："你这小子，平时脾气比我还坏，现在怎么不说话呢？是不是看到'靓女'了就不敢吭声！"我想，要是我带队，该导游不但挨批，还可能要换人。其实，旅游购物，全凭游客的情绪与心情。游客心情好，你不让他们购物，他们会自动购物，阻也阻不住。相反，游客心情不佳，你硬是要他们去购物，他们反而不买你的账。这是逆反心理。这普普通通的心理学都不懂，还说是大学生呢。不配！

说起炒导游，我还真看到过一回。那次，我也是跟别的单位出行，去的是九寨沟。飞机在黄龙机场降落后，其时，已是下午五点多钟了。大家从广州乘机到成都，又从成都乘机到黄龙机场，好几个小时的飞机，有些疲倦了。在机场乘坐去九寨沟的巴士时，大家便靠着坐椅休息或闭目养神。这时，来接我们的导游说话了，意思是要我们去天堂酒店看表演，吃全羊宴。还说什么不去天堂酒店等于没到过九寨沟之类的话云云。本来，我听说这次是预算住天堂酒店的，旅行社联系时也承诺有，但临出发时却说没有。可能一是因为疲倦，二来住不到天堂酒店已有点气，三来那导游在车上唠唠叨叨，说话带刺儿，让人反感，不舒服。那单位的带队领导马上制止了导游说话，并说"我明天不想见到你！"第二天，真的换了个导游，也是男的。当日，在游览途中一个休息点上，那单位的带队领导和另一团友看中了三个挂在墙上做样板的灵芝，草帽般大小，一个 5000 元，另两个各 3000 元，还有其他团友买的一些东西，短时间内就消费了一两万元。我当时想，如果有回扣的话，对这个导游简直是个意想不到的收获。

我组织旅游，通常不用全陪。因为我一般都是十来个人，只要对方有导游就行了。同时，也不能安排有购物点。临走时确实需要带点当地的土特产的，叫导游带带路就行了。给旅行社的费用，虽然每次都包括对方导游的费用，但我们都会另付点小费给导游，包括司机。因为导游和司机毕竟辛苦。陪你这么多天，要体谅他们。"给人玫瑰，手有余香"嘛！因此，如果是我带队的，大家一般都开心、愉快。不仅导游不敢怎么样，就连一些旅行社的经理，有时也会陪我们吃饭，喝酒。记得有次去北疆，游完喀纳斯去伊犁时，身在乌鲁木齐的一旅行社的女老总，专程带着司机前往伊犁请我们吃饭喝酒。她祖籍山东，父亲当年是军垦的干部。跟她来的还有几个山东老乡。不知是山东人热情好客，还是高兴，结果，她的几个山东老乡被我们灌醉了。她自己也喝到飘飘然，与我一齐唱起歌跳起舞。

当然，我带队也碰到过不高兴的事。一次，我休年假，组织了十来个人去牡丹江，游镜泊湖、紫菱湖、莲花湖、火山口等地。一天晚上，我们入住市内一家四星级酒店时，当地的导游竟然要酒店的服务员把房间里需付费的所有物品全部拿走。当时，我想告诫她："不要以小人之心度君子之腹。"但想到她是个小姑娘，可能没什么见识，也就算了。

最后说说香港导游。香港导游也有好的与不好的，全凭你的运气了。十多年前，我去西欧 9 国，就碰到个好导游（也是全陪）。姓什么已忘记了，只记得人人都叫他"高佬"。他确实"高"，差不多一米八的身材，消消瘦瘦的，然而却很有干劲，很有活力，且懂英、法、意几国语言。我们第一站是荷兰，接着是法国、德国、瑞士、梵蒂冈、摩纳哥、意大利等。无论去哪个国家，哪个城市，他既当导游，又当保姆（上车下车搀扶你，帮你提行李），且十分热心讲解每个景点的历史、人物和故事（知道路易十四是世界上第一个倡导男人着丝袜、着裙子，就是他在意大利罗马皇家花园讲解时我所记住的）。有时，到了一个景点，有外国的导游在等待，他只是接接头，继续自己的讲解，不用外国导游来参与。十多天的旅程，他忙里忙外，很是辛苦，但从没向游客提示过什么，只是临走向机场方向驶去时，他对大家说，司机在荷兰一路走来，比较辛苦，希望大家凑些小费给司机。而他自己，分文不提……

在香港，不好的导游我也碰到过。那是 1994 年，我们去韩国旅游。在香港机场人闸时，一位胖嘟嘟的香港导游（全陪）发话了，每人要交 100 元港币给他作小费。全团三十几个人，每人 100 元就是三千多港元。我不想给（那时也没有多少港元），但我们的带队领导说："要给的！""要给的！"结果忍痛给上。殊不知，到了韩国后，那肥仔全陪天天在睡大觉，一点用场都派不上，至今我仍记于心中……

2012 年 11 月 25 日

故乡的弹流鱼

在故乡众多的鱼类中，我比较喜爱的可说是弹流鱼了。

弹流鱼是跳跳鱼中最棒的一种。体长约5～10厘米。头大略扁，双眼凸出，嘴阔。灰褐色的身体布满花斑。一般在低潮区或滩涂上钻洞而居。退潮后喜欢在海滩上追逐跳跃。身上又有淡蓝色花斑，故我故乡的人叫它花鱼、泥鱼、弹流鱼。

弹流鱼肉质鲜嫩细腻，味道极佳。无论是蒸、煎、煮、焗，都是下饭的好菜。大人小孩都喜欢吃它。加上它营养价值高，有滋阴补肾、扶脾护胃等功能，更是人们滋补身体的极品。记得小时候，小孩夜间盗汗、尿床，用三几两弹流鱼炖北芪，食上一两次就马上烟消云散。疗效神奇得很。

弹流鱼虽然好吃又滋补，在我的家乡却不算多。加上它习性狡猾，不太容易被捉到，因而显得名贵。价钱要比其他鱼高很多。清蒸和炖汤之类的，简直是奢侈。我们更多的是煎。把捕获回来的弹流鱼放在盆里用清水养一下，然后生火烧热铁锅，洒上花生油，再将弹流鱼放在铁锅上煎。煎好一面，反过来煎另一面。当第二面煎好时，用饭铲使劲在弹流鱼身上压，压到扁扁的，撒些许盐，便大功告成。吃饭时要吃它了，就在饭煮好将要停火时，将煎好了的弹流鱼用碟子装好，捣几瓣蒜洒上些许酱油，再放在饭面上利用饭锅里的蒸汽蒸上三五分钟即可。这时，要开饭了，只要你打开锅盖，就会有一股香喷喷的煎弹流鱼的气味迎面扑来，陡然间使你胃口大增，非要多吃一碗或半碗饭不可。

那时，由于物质匮乏，我们除了有些鱼虾蚬肉之外，其他的肉类，诸如鸡鹅鸭猪等，一年到头是极少有的。即使是鱼虾类，由于不是每天都有时间去捕捉（大人要劳动，小孩要读书），因而什么都要悭俭。不敢一顿饭吃太多，以留些下来给下一顿，甚至是下下一顿用。尤其是弹流鱼，我们每顿饭一般只敢吃三五条。

弹流鱼美味好吃，但要捕捉到它并不是件容易的事。由于它视觉敏锐，警惕性强——一只眼睛专门用来搜寻食物，另一只眼睛却警惕地注视着周围动静。一有风吹草动，它就会钻进自己挖的洞穴里。而每个洞穴，一般又有好几个洞口，不知它会从哪个洞口溜出来。

小时候，捕捉弹流鱼，我看到有三种方法：一种用锄头锄。对着弹流鱼的洞穴，一梆一梆锄。动作要快，看到弹流鱼出现了就立即伸手去捉；第二种方法是用一种叫"虾针"的用网做成的捕鱼虾的工具去捕捉。我家乡人又称这种工具为"笥"。潮水涨到长水草的地方时，用一张"虾针"放在泥滩与水草交界的地方，用双脚在上面乱踩乱踏，洞穴里的弹流鱼就会逃出来。这时，提起"虾针"，就会知道是否有无；第三种方法，是用一种专门装弹流鱼的小笼子（家乡人叫"弹流笼"），安放在弹流鱼的洞口上。弹流鱼一出来，就会进入笼子里。笼子里有一个出不来的装置。这样，弹流鱼待在笼子里，等待人们吃它就是了。

三种方法比较起来，我认为第一种方法吃力、辛苦。加上弹流鱼光滑，溜得快，不太容易捉到。第二种方法有点瞎撞。因为潮水淹没了弹流鱼的洞穴，你看不到，就这样乱踩踏，怎行？因此，装上来的，也往往是"跳雁"（跳跳鱼的另一种，很少有人吃，只可用来煲汤）的多，而弹流鱼极少。第三种方法较轻松，且百分百装的都是弹流鱼。

不知从何时开始，我家乡的人捕捉弹流鱼用的就是第三种方法。而这种方法，家乡的人也不是个个都会。因为还要讲究方法与技巧，还需要从小不断实践与摸索的。装弹流鱼的小笼子形状如手榴弹般大小，头圆尾扁。每个笼子的尾端，系有一根尺余长的小绳子，便于携带。因为装弹流鱼的笼子一般有100~120个（大人用的更多，通常在200个以上），通常分为两组，一组五六十个。携带时，将两组的绳子捆在一起，往肩头上一放，一组在前，一组在后，挺轻松和方便的。装弹流鱼，要讲水节。退潮了，在泥滩里寻找弹流鱼的洞穴。寻到后，就在洞口旁边挖一个小坑。形状如椭圆形，底部稍深。挖好后将笼子放进去。笼子的口对着弹流鱼的洞口。笼子放好后，再在旁边脚氹里有水的地方兜几兜水放进去。水浸到大半个笼子就行了。这样，一个洞口放一个笼子，直到把两组一百多个的笼子放完。过10~20分钟，第一组的笼子可以起了。笼子里有弹流鱼的，就用力压一下笼子的尾部。扁的尾部变成一个圆口子，弹流鱼就沿着圆口子被倒放到挎在右腰间的篓子里。起完了第一组的笼子，接着又放。放完后再起第二组的笼子；第二组的笼子起完后又接着放，放完后又再去起第一组的笼子……如此周而复始，循环起放，直到涨潮。几个钟头下来，会有不少收获。技术好的，可以放到三四斤。

据说我爷爷的那一辈就有放弹流鱼的传统了。但爷爷那一辈我没看过，因为爷爷早死，我几乎没什么印象。倒是我父亲，是放弹流鱼的高手。记得"大跃进"时期，我只有三四岁，正是长身体的时候。但由于没东西吃，所以常常以野菜、木瓜头、蕉头，甚至是猪糠饼充饥。好在我父亲当时与同村的几个人跑到广州鱼珠放弹流鱼卖，再用卖鱼的钱买些大饼或饼干之类的回家，我们才不至于饿死。"大跃进"过后，只要农闲，父亲都会带上弹流笼在门前对岸的滩涂上放。一放，也可以收获一两斤。

父亲不但是放弹流鱼的高手，还会编织弹流笼，编织装鱼虾的篓子、篓仔和筲箕。小时候，我就为他削过篾。就是在这样的环境熏陶和潜移默化下，我读小学三四年级时就会放弹流鱼。每当放学回家或星期六星期天（那时星期六要上半日课）遇到着流水（即退潮）时，我都会在家门前对岸或远一点的地方放上几把，以改善家里的"伙食"。

不过，由于我们村子里捕捉这种鱼的人较多，加上又养有不少鸭子（鸭子什么鱼虾都吃），所以在村里河涌滩涂上的弹流鱼并不多。我们通常会划船去要两三个钟头的与我们村接壤的沙田镇的一些地方放。那里，鱼虾更多，品种更广，却很有少人去捕捉弹流鱼，因而弹流鱼比较多，也比较大。我们一早去，晚上回，几乎要一整天。现在回想起来，当时怎么没带些米或干粮去，致使中午常常饿肚子，真是有点傻。

去沙田放弹流鱼，最多的一次，我拿到沙田的圩镇上卖，结果差不多有三斤。这是我平生放弹流鱼最多的一次，也是唯一一次卖弹流鱼。

而现在，由于环境污染，珠江口严重污染，弹流鱼没有了。据说有饲养的。饲养的哪能比得上原始野生的？唯有"往事只能回味"了。

弹流鱼，我忘不了你！

2012 年 11 月 26 日

逝去的记忆

"逝去的记忆"，并不是"记忆"的逝去，而是指"记忆中的东西"已过去。我的故乡位于珠江口的冲积平原，濒临狮子洋的西大坦。那里，由于"开门见水，举步登船"，河涌纵横交错，加上处在咸淡水之间，鱼类虾类蟹类乃至贝类都非常丰盛，享有"鱼米之乡"的美称。可惜的是随着土地开发和工业化、城市化的到来，也伴随着一系列的环境污染。早在 20 世纪 90 年代前后，家乡的这些东西逐渐消失了，剩下的，只能是记忆，美好的记忆了

——题记

揾鱼虾

揾鱼虾中的"鱼虾"，是对各种各类鱼和虾的统称。

尽管家乡有好多鱼虾，但要去"揾"。正所谓"揾有得食，吾揾无得食"。这如同"不劳动者不得食"一样。

那么，如何"揾"？去哪里"揾"？

那时，我们家家户户都置有几把虾铲（用竹条和铁线编织而成，像"又"字形状，中间有个把柄，便于使用和携带）。有大有小。大的大人用，小的小孩用。家庭殷实的，还置有虾针、麻罗（较大一些的捕鱼虾工具，用鱼网编织成）和鱼网。这些，都是捕捉鱼虾的工具。

河涌众多，大小不一，去哪里搵？所以，搵鱼虾要靠"熟路步"。而要熟路步，就得靠不断实践和摸索了。平时，我们一般去湾头迊尾搵，去泥井里搵。因为那些地方水浅，鱼虾常在那些地方活动、觅食。退潮时，才在河涌里搵。或用虾铲，或用虾针（麻罗一般大人才用。因为它张开口子后很大，笨重，提起时很费力气）。记得好几次，我家门前那条围绕村子流淌的河涌干到极点，全村人一起出动搵鱼虾，——用虾铲的用虾铲，用虾针的用虾针，用麻罗的用麻罗，男男女女，老老少少，那壮观场面犹如兵团大战一般。

小时候，我和小伙伴还在蕉基、甘蔗地、黄麻地的渠沟里搵过鱼虾。这些渠沟常有很深的积水。我们把积水戽干，就会看到很多鱼虾。戽几条渠沟，鱼虾就可以食一两餐了。

不过，鱼虾多，莫过于在窦里搵了。所谓"窦"，其实是闸，我们家乡人叫"窦"，又或叫"涵窦"。那时，我家乡的农田，全部是靠筑大堤围起来的。家乡人在筑堤的时候，每隔一段距离安装一个涵窦。干堤安装明窦，支堤安装暗窦。每个明窦负责排灌80～100亩的农田，并有专人掌管。一般每个人掌管2个窦。而窦内，大小河涌同样纵横交错。每当窦内蓄水，就会滋生出好多好多的鱼虾。因此，我们喜欢在窦里的河涌里搵。尤其放水干窦时，那更是人头涌涌，不分男女老少，都会跑去搵。

但是，我认识几个人，他们不管在什么地方，也不用什么鱼具虾具，光凭一双手，常常可以搵到三几斤，这才叫高手了。

摸蚬

在所有的搵鱼虾活当中，最舒服最轻松的，莫过于摸蚬了。蚬，生活在水底，栖息在泥沙中。只要河水退潮水位下降了，我们都可以下河去摸。

由于简单，轻松，蚬又不会走，所以我们水乡人只要会游泳的小孩都可以去摸。带上一个木盆或水桶之类的，摸到了就往木盆或水桶里扔；即使是还未学会游泳的两三岁孩童，也可以在沙滩上捡。

所以，我小的时候，最早学会的就是摸蚬。

蚬，是双纲壳的一科。壳质厚而坚硬，外型略呈三角形，两侧略等称。有黄绿色、黄褐色、黑褐色、绿褐色几钟。看栖息地是泥、是沙，还是泥沙混合而定。我家门前的小河里的蚬是绿褐色的。而小河外面的大河，有沙滩的地方，是黄褐色的，我们称之为"黄沙蚬"。蚬比蚌小好多倍，但它肉厚，鼓嘟嘟的，食进口里犹如"无毛鸡打架——唥唥是肉"。所以，有不少人将蚬肉当饭吃，可以吃上一两碗；而且营养价值极高。蚬中最好的是"黄沙蚬"和黄绿色、绿褐色的蚬，因为它肉质纯美、鲜甜。尤其是那蚬汤，呈乳白色，稠稠的。淘上半碗蚬汤，就可以食一碗饭。

捕蚬有三种方法，一种是用蚬耙扒，一种是用虾铲铲，另一种就是用手摸了。我们之所以选择摸，是因为自己吃的，又不用搵那么多，尽可能选些大的要，所以靠摸。摸到大的才要，小的不要。而那些用蚬耙扒或用虾铲铲的人，只管多，大小通杀，是拿到街市上卖钱的。

我们村那条小河的出口外面是一条大河。大河里有沙滩有泥滩。由于极少有人捕捉，那里的蚬更大更好，所以我们也经常到外面的大河里摸。带上一个大木盆，装满的话可以有二三十斤。我们不仅在浅水的地方摸，还用脚在肩头深的地方摸，甚至潜进更深的水里摸。

由于摸蚬的人多，有段时间，大点的蚬没有了，只有小的。没办法，为了改善伙食，我们在家门前的那条河里用虾铲铲蚬，甚至动用锄头锄。

摸到蚬后，一般用清水养它一两天，好让它将泥沙吐出来。养时边养边洗。养好后，放进铁锅里用清水煮，煮到它张开口子即可。捞出来后将蚬肉掏出来，个个都是肉墩墩鼓嘟嘟的，煞是可爱。至于煮小蚬，由于肉太小不好掏，加上数量多，通常的方法是煮到小蚬张开口后，就右手拿饭铲，左手拿只箩仔，用饭铲在锅里搅，小的蚬肉就会漂上来，然后用箩仔兜。边搅边兜，搅上几搅，差不多肉全上来了。有些人（尤其是拿到街市上去卖的）拿到河里用水淘，味道都给冲淡了。

蚬肉拿出来后，蒸煮咋食随个人的口味了。不过，我认为肉大的清蒸好。尤其是配些面酱，那是最鲜甜美味的。小的炒韭黄或韭菜，那也不失为一道好菜。

食了这么多蚬，我认为，蚬肉最好食的是在冬天。因为冬天蚬肥。也许是冬天水温低生养好没什么人去捕捉，蚬更肥更大。记得有一次我和几个小伙伴划只小艇到大河外面的沙滩上捡了几斤蚬，回来后就是煲菜汤吃，其鲜甜美味可口，至今还没有忘记……

兜禾虫

大海里有沙虫，泥虫。而我家乡的禾田里有禾虫。

禾虫学名疣吻沙蚕，属环节动物门沙蚕科。因为它常年栖息在乡间禾田里，以禾根草根为食物，每年又恰逢早晚两造水稻孕穗扬花时破土而出，故得名"禾虫"。它身长 3～4 厘米，其色金黄带红杂绿，虫身丰腴，含浆饱满，有丰富的蛋白质和维生素，因而它比沙虫、泥虫更好吃，更鲜味。

禾虫活动的季节性很强。平时它栖身于淤泥中，很难见到。一年之中，也仅在上半年立夏至小满，下半年寒露至霜降的节令之间，才出现几次；并且只有在初一十五的涨潮高峰期，所以我家乡的人说"禾虫好水无三朝"。禾虫出来时，漂游在河涌水面上，密密麻麻，赤橙黄绿，很是壮观。这时，就会有人喊："禾虫出造了，快出来兜禾虫啊！"这样一传十，十传百，村里的大人小孩几乎全都出去兜。专门捕捉的较专业的人，就会拿出用蚊帐布做成的网袋，装在河涌的出水口上。而我们这些不是专业的"业余"分子，就会拿出家里的篓仔、斗篓、簸箕等家什去兜。没有家什的，也会用手兜。兄弟姐妹齐上阵，也可以兜到四五斤。儿时，我在家门前河对面的稻田里和附近的稻田上就兜过好几次禾虫。

禾虫蒸炊焗煮，样样皆可，凭各人嗜好而为之。不过，我最喜欢的是蒸禾虫。

蒸禾虫也有两种：一种是整条整条的蒸，原汁原味；另一种是将禾虫盛在砵头里，搅成膏状，配以捣碎的蒜蒸。对于前一种，我感觉一般化，试试也未尝不可。而对后一种，我情有独钟，百食不厌。因为这样蒸出来的禾虫膏，金黄金黄，加上膏厚，食起来，那真是香滑鲜嫩，垂涎三尺。夸张点说："几乎连砵头都食埋"。而那些酒楼的"禾虫焗蛋"，比起这样蒸禾虫，可以说是天与地比了。

所谓"禾虫焗蛋"，就是打些鸡蛋放在禾虫里，与禾虫一起搅拌（另有一说将打开的鸡蛋放在禾虫里给禾虫吃）后再蒸。其实，禾虫本身就满身浆。禾虫洗净后，你只要往禾虫上撒些盐，它就会自动爆膏爆浆。这时，你再用筷子搅，就会越搅越稠，连筷子也会牢牢粘住，根本不用放蛋。那些所谓"禾虫焗蛋"的把戏，只不过是欺骗不懂门道的人，以图多卖些钱罢了（因为禾虫价钱昂贵而鸡蛋便宜）。食起来，禾虫焗蛋无论如何也比不上纯正的禾虫膏浆好食的。至于说到"焗"，禾虫蒸好时，有的人喜欢拿到炉子上焗，说是焗焦一点味道更香。我认为，香是香，只不过是焦香的"香"，而禾虫本身的纯香没有了。同时，膏浆里芬芳香甜的水分被这样一焗，会挥发掉，禾虫膏就没有原来那鲜美嫩滑的风味和口感了……

捉蟛蜞

蟛蜞，在我故乡有两种，一种是青褐色的，一种是红褐色的。它们都有八条腿（一边各四条），两个钳（普通话叫"鳌"）。前一种的钳是肉白色的，后一种的钳是红白色的。它们都栖息在河岸、沟边、渠边的地方，钻洞而居。我发现，青褐色的更喜欢接近水，因而它们的居穴离水的地方近点；而红褐色的离水的地方远点，居穴比青褐色的地势高点。临河岸的树头下、竹头下以及蕉头下，更是红褐色蟛蜞居住的地方。

蟛蜞并不好捉。它有双钳，若是钳住你呀，它是不放的。宁愿断了钳，它的钳仍会钳住你，你得喊爹喊娘。即使没有钳住你，那八只爪任何一只刺中了你，也会疼痛无比。所以，蟛蜞是不太容易被捉到的。

只有钓。钓才是最保险最舒服的。用什么钓呢？用一根线，咸头菜茎作饵。用一根线绑上咸头菜的茎，就可以钓到了。不知是什么原因，蟛蜞看到咸头菜茎，就会跑过去，用双钳钳住。这时，你将钓竿提起来，它就会随着咸头菜茎，来到你的面前了。不过，毕竟钓的速度慢，个把钟头也不知能否钓到半斤，闹着玩可以，要是讲效率是不行的。

我们之所以选择捉，是因为家里养有小鸭。捉蟛蜞来喂小鸭。蟛蜞虾蟹小鱼之类的，是鸭子最喜爱的食物了。有了这些野味吃，鸭子长得特别快，毛色又好。而大一点的鸭子，是不用喂的，因为它自己可以觅食到。只是绒毛的小鸭，我们就要捉些蟛蜞，将蟛蜞煮熟捣碎，与饭粒拌在一起，给小鸭食。

有几年，生产队养小鸭，需要喂食蟛蜞，并公开收购，我们也去捉，以图卖几个咸淡钱。而平时，是很少有人去捉它和食它的。有的只是将它制成蟛蜞酱，以图有个咸餸下饭就是了。今天的蟛蜞酱用作佐料人们感觉味道好，蟛蜞粥也很抢手，只是物以稀为贵罢了。

蟛蜞有清热利湿解毒之功效，对人们的身体是有好处的。尤其是小孩患有黄疸性肝炎，用它煲水或煲粥，只要食上三四次，就会病除。

蟛蜞还具有解河豚毒的神奇作用。一些在海里打鱼的渔民，要是食河豚中毒了，都会用蟛蜞去解。十多年前，我沙田的一位朋友因食河豚而中毒，家人也是用蟛蜞把他从死神那里拉了回来。

在古代，小小的蟛蜞也被作为吟诗作对的对象。据说有一秀才，有次下到农村在田间看到一农夫牵着牛在犁地，而一旁又有鸭子在觅食，便出了句上联："蟛蜞担（唉）鸭随田走"。让农夫作对。农夫看了看自己的耕牛和犁耙，不慌不忙地答："老鼠拉犁涌过涌"。那秀才连说佩服，佩服。——这对子，用的都是反语和夸张的语言。

掘白夹

在咸淡水交汇的滩涂里，除了弹流鱼外（跳跳鱼的一种），还有一种形状似弹流鱼，但身子比弹流鱼稍长，嘴窄、眼小，鳃也没有弹流鱼这么大和凸，更没有弹流鱼这么生蹦活跳的鱼。它全身淡黄色，底部呈白色，家乡人称它为白夹鱼，又叫"白夹"。

白夹的栖息地比弹流鱼要低得多，通常在即使退潮水干了但还要有些水的水氹里和靠近水的地方。它的生活习性与弹流鱼相反，退潮时在洞里睡觉，只有在涨潮时才出来，所以渔民们用口子较密的网拦放在河涌里可以装捕到很多。

"掘"白夹，就是用双手掘开白夹鱼的洞穴来捕捉白夹鱼的一种方法。在白夹鱼洞穴的周围，你用双手慢慢掘，掘一下将淤泥翻过来，掘一下将淤泥翻过来，你就会看到白夹鱼躺在洞穴里睡觉。它很温顺，很容易捉。捉到后，放进篓子或盆子里就行了。

白夹鱼可能喜欢群居，也许是以家庭为单位，一窝白夹鱼常常可以掘到三五条，有大有小，还有更小一点的"白夹崽"。

掘白夹是细腻活。动作慢，节奏慢，需要细心、耐心、专心，是女人的"专利"，家乡里十来岁的女孩都会；而男人一般不喜欢。不过，如果白夹鱼多，有些男人也会上阵的。但都掘不过女人，因为还要有好的腰力。你想想，就这样在滩涂上弯腰弓背，行行走走，一掘就是两三个小时，没有好的腰力是顶不住的。而女人的腰力，往往要比男人们强。

同时，滩涂里难免有砖头、瓦片，乃至玻璃碎瓶什么的，要是用力过猛，稍不小心，那就麻烦了。

食白夹鱼如同弹流鱼一样，可蒸可煎可熬汤。熬汤的话，那汤是乳白色的，配以些许姜丝、葱花，那味道十分鲜美。不过，家乡的人最喜欢煎。将白夹鱼养好洗净，放在铁锅里煎。煎至金黄色的，再放些许盐和蒜蒸，那独特的风味比弹流鱼更胜一筹。同时，它的骨硬，比弹流鱼更容易去骨。

扠藤鳝

鳝的种类很多，有白鳝、花鳝、锦鳝、黄鳝。而在我家乡，除了有白鳝外，还有一种比白鳝要长几乎一倍的鳝。它身体比白鳝更结实，全身淡黄色，底部呈淡白色，像藤一样，长长的，我们称之为藤鳝。

藤鳝栖息在滩涂与水草（我们称之为牛草，因为水牛喜欢食那种草。三角形的，最长可长一米多，晒干后可编席，又叫咸草）交界的地方，钻洞而居。洞穴很深。它生活的习性与白夹鱼相似，退潮时在洞穴里睡觉，涨潮时出来活动觅食。因而渔民们在河口拦网捕捉其他鱼虾时，也往往会捕获到一些。

我们不是渔民，没有渔民那么多捕鱼工具，要捉藤鳝，唯有靠扠。所以叫扠藤鳝。

扠藤鳝用的是一种铁叉，我们叫藤鳝叉。这种叉子，用圆钢条做成，非常坚硬。叉身筷子头般大小，长 1 米多，上方有个手柄；下方宽，有 4 个尖利的锋叉，旁边还有一个钩子。扠到藤鳝后，用力拧几圈，好让钩子钩住藤鳝，然后拔出来。

扠藤鳝，首先得认识藤鳝洞。因为在水草与滩涂交界处的洞穴很多，有蟛蜞洞、螃蟹洞、跳雁洞、弹流鱼洞等。如果不认识藤鳝洞，就无法扠到藤鳝。其次，要通过察看藤鳝洞洞口的那一泓水，来判断洞里是否有藤鳝。否则，不知洞里是否有，乱到地扠，也扠不到藤鳝。

村子里会扠藤鳝的人不多，即使我上一辈，屈指可数的，也是极少。不过我父亲，倒喜欢扠藤鳝。儿时看到他出田时，往往喜欢带上藤鳝叉和一个篓子，干完农活收工时扠；农闲在家时，也喜欢出去扠。而每次回来，都有收获。我跟他学过几次，但由于实践经验少，加上后来可能藤鳝越来越少，故此我一直不会。

食藤鳝，最好是炖汤。那藤鳝玉竹白豆汤，至今还令我魂牵梦绕，据说还有滋阴补肾的功能。其次是煎。将藤鳝开肚洗净，用花生油放在铁锅里煎，慢火煎至金黄色。煎好后再配些许盐、酱油和捣碎的蒜，饭差不多好时再放在饭锅里蒸，那味道比煎白鳝还香。至于清蒸，是不合适的，因为它骨多且硬，比不上白鳝的肉多。

扒白板

"扒白板"这个词儿，最早时指的是什么，即使是像我辈这样年纪的人，相信也没有多少人会懂；六七十年代的人，更不会懂了。至于 20 世纪七八十年代初将"扒白板"演变成男女找对象，相信那个年代的年轻人，懂得这个词儿。但词儿的原意，恐怕知道者甚少了。

"扒白板"最原始的意思是水乡人家晚上扒只艇仔出河涌引鱼儿跳上艇来。这也是一种捕鱼方法。那种艇仔，跟后来作交通或运输用的艇仔不一样。它身长而细小，最多只能坐两个人，捕鱼时也通常是一个人。它还配有一块长长的木板，约跟艇身般长，尺余宽，一面用白漆涂成白色。捕鱼时，把白色的那面朝上，放在船舷伸出的木条上，并将白色的这边靠近岸边。人在小艇上沿岸边慢慢扒（划），水中的鱼儿看到有白光，尤其是在月色的照射下，就会跳将起来，跌进艇舱里。这时，捕鱼的人就会将舱里的鱼捉住，再放进事先准备好的装鱼儿的竹篓或木桶里。就这样，慢慢扒，慢慢划，慢条斯理，悠哉游哉，一晚下来，也可捕到三五斤鱼。

不过，这种轻松的捕鱼方法却极少有人去用。也许是由于没有本钱买那种艇仔，也许是过于寂寞或孤独，也许是年轻的不会操作。我家乡方圆几里路，我只见过有两个人这样捕鱼。一个是我的远方亲戚，一个是我舅父女儿的家公，都是上了年纪的人。我之所以知道，因为我小时候，坐过他们其中一个的艇仔看过他们这样捕鱼。

到了60年代后期，"扒白板"这种水乡的捕鱼方法逐渐消失了，取而代之的是演变成找对象的代名词。那时候，男青年兴白衬衫，女青年兴花格子衫。男的晚上穿件白衬衫出去找对象被说成"扒白板"，女的穿花格仔衫出去找对象被说成是"搵佬"。每当晚上，有人看到男的穿着白衬衫出去，就必定会说，某某某又出去"扒白板"了。出去的次数多了，人们就会说他是"白板仔"。把找对象说成是"扒白板"，恰好是上代人扒着白板艇引诱鱼儿往上跳（上钩）的生动比拟。不过，到了80年代中后期，"扒白板"这个词似乎很少听到了。

2012年11月28日至2013年1月28日

"天下第一粥"

　　我从小食粥。长大后乃至现在，在日常生活中，也会经常食食粥，甚至是各种各样的粥。如猪肝瘦肉粥、菜干粥、花生粥、鱼片粥、猪骨粥和"天下第一粥"。

　　有"天下第一粥"？有，我食过。"在哪里"？在广西防城东兴与越南一河之隔的一条街道上。事情虽过去好多年，但我印象深刻，至今还历历在目。

　　那是五六年前的一个国庆黄金周，我和战友几家一起去广西南宁、凭祥、防城等地转了一圈。一日，在防城东兴吃晚饭时，在东兴工作的一个战友说："明天早餐，我带你们去食'天下第一粥'。"

　　第一次听到"天下第一粥"这个名称，我们个个好奇。"天下第一粥"是怎样的粥？

　　第二天早上起床后，东兴的那个战友带着我们来到一家临街的早餐店里。这个店没有招牌，铺面不大，四五层高，每层面积也只有四五十平方米。我们来到时，里面早已坐满客人了。还有不少人在排队等候，一直排到店外。趁着东兴战友找位子的当儿，我们在附近蹓跶蹓跶。

　　这条街道不长，临街都是店铺。早餐店有好几家，唯独这家生意最好，人也最多。其他的，或经营五金，或经营百货，或经营红木家具。其中，经营红木家具的居多。据说是越南的红木。我们来到街道的尽头，看到有条河流，河水湍急，对岸就是越南的芒街。我们国家的关口，就建在我方河岸的旁边。越南，我们几年前去过下龙湾、河内等地，故这次没打算去。

在附近蹓跶了差不多半个小时，东兴的战友才找齐几张桌子。我们四五个人一组，围着桌子坐了下来，等待"天下第一粥"上来。

过了片刻，用陶瓷盆盛着满满一盆的粥上来了，热气腾腾，芬芳扑鼻。我盛了一碗，尝了几口，清甜鲜美；再尝几口，一大碗粥已见底了。服务员再端来一盆，我再盛上一碗，慢慢食，又盛上一碗……我默默数着——平生，我食粥只会食一两碗，但这次最多，竟食了7大碗。

你道这粥是用什么东西煲成的？我告诉你，除了我们通常的猪肝瘦肉粉肠外，还有沙虫虾仁蚬贝等海鲜，用料繁多，清甜鲜美可口，真是名符其实的"天下第一粥"了。要不是怕营养过剩，我真还想再食一碗……

2012 年 12 月 6 日

哪有这么大的青蛙随街跳？

某日，我在办公室接到一个电话："是某某局某某长吗？"

我说是的。

"我是党校的某主任啊！是这样的，我们现在有一套×××纪念品，很名贵的。经校领导研究，决定送一套像你这样关心我们党校建设的人（其实，我好几年没进过党校学习了，哪有关心过他们）。你在几楼办公啊？我们的工作人员马上送去！"

我说"不用啦！"其实，我对这些纪念品、纪念册之类是不感兴趣的，也从未为之心动过。

"要的！怎么不要呢？是校领导研究决定要送给你的！"没等我说什么，对方接着又说，"另外，有一事相告，想你支持一下。我们党校有套××学习资料，每套1980元，你单位看能否买几套？"

我说财政困难，经费紧张，很难帮忙。

"三五套总要的吧？"

我说真的很困难。

"那一套总需要的吧？"

"一套也困难啊！"真的，这些东西其实我一套也不需要，也不想要。因为这样的东西每个时期都很多，报纸杂志上也有。

对方见我这样态度，只好自找台阶，"好吧！以后有什么事再打电话给你。"放下了电话。

这时，恰有一朋友找我，让我跟他一起去某处办点事。我想起电话中某主任说有工作人员送东西来的话，就跟朋友说，你自己去吧，我要等人。

"等什么人？"朋友问。我把原由说了出来。朋友说，"你不成交，人家还会送给你？走吧！"

党校的主任说的，难道有假？我不信。

结果，左等右等，等到下班，也没见有人送什么东西过来。

下午，我那朋友过来，问起我上午的事："有没有等到？"

我回答说没有。

我朋友马上说，"我跟你说你不信！你不买人家的东西，人家怎么会送你礼品呢？哪有这么大的青蛙随街跳？"

是啊！哪有这么大的青蛙随街跳？

其实，类似这样的电话，我以前也接听过多起，只是这次某主任说工作人员已过来，我才不得不相信罢了——我怔怔的，一脸茫然。显然，有一种被欺骗、被捉弄的感觉……

2012 年 12 月 13 日

去马来西亚喝喜酒

十多年前，我写过一篇文章——《在马来西亚过年》，说的是华人在马来西亚过春节时的情景，让广大读者了解和分享海外华人在异国他乡过年的风俗和气氛。那么，马来西亚的华人结婚请喜酒的场面又是怎样的呢？受表妹的邀请，今年1月19日，我和表妹的几位亲戚（是1994年吉隆坡东安同乡会恳亲团回莞寻根寻回来的亲戚，我姑父祖籍的那边人，在高埗洗沙，我又叫洗沙亲戚）一起乘飞机去马来西亚喝喜酒。

表妹请的是迎亲喜酒（她有二女一男，两个女儿早些年已相继出嫁，我们不知道。这次儿子结婚通知我们参加），酒宴订在当天晚上。广州去吉隆坡只有早上8点多和中午12点多的飞机，我本想乘中午飞机去的，但洗沙边的亲戚担心时间紧，赶不上，便要求我乘早上的飞机去。

飞机8点25分左右起飞，到达吉隆坡机场已是中午12点半。由于不懂英文，又不知向谁询问，我磕磕碰碰，靠着认领行李的指示牌，领着几位洗沙边的亲戚，首先走二楼，走完二楼又走一楼。来到一楼尽头，见几节车厢停在那里，以为走错路，印象中才记起要在这儿乘轻轨到主候机楼。于是，叫亲戚们停下来等候。就这样，走完路，乘轻轨，乘完轻轨又走路，排队过境，领取行李，走出机场大堂已是中午一点半了。表妹的大女婿阿元早已在机场门口迎接我们。

我们一行 8 人，要两部小车才能载得下，阿元叫他一个朋友来帮忙。

吉隆坡机场离吉隆坡市区也要一个小时。我们分乘两部车子，到达市区，在表妹家住的地方附近找个餐厅吃饭，差不多是下午 3 点了。点了几个菜，各人要碗饭，正准备吃，表妹夫一个人也开着车子过来了。他对我说，许生（我另一表妹夫）和阿威（我表弟）本来要陪你吃中午饭的，最后等到太晚，他俩就不来了。我连忙说，不必了，反正今晚都在一起。

席间，我问表妹夫：你摆酒在哪里摆？摆多少席？表妹夫答：在酒楼摆，110 席。我连忙说，这么多呀？表妹夫说是联婚，亲家那边也有这么多人。

吃过饭后，我对表妹夫说，我们先回酒店休息一下，因为今早大家都在 4 点钟起床，又坐了几个小时飞机，有点累了。到 5 点半左右再去你家坐坐吧！表妹夫说，不用了，我们晚上八九点开围（即开席），7 点钟左右阿元接你们去摆酒的酒楼吧！

于是，我们就在表妹早就给我们预订好的一个叫白沙罗的酒店休息了。

晚上 7 点，马来西亚的太阳还老高。我们从房间下到酒店大堂，只见阿元早已在那里等候。

我见阿元一人，便问，你的朋友呢？

阿元说，去打油（即加油），很快会来。

待到阿元的朋友来到后，我们又钻进汽车，去表妹家摆喜酒的酒楼。反正是在附近，约摸转了十几分钟，阿元指着一座较大的建筑物说，就是这家。我们一看，上面有几个中文字，写的是"翠华楼"。

下了车，我们乘扶手电梯上去，迎面已见到好多马来西亚的亲戚：有的在帮忙迎宾，有的带着全家大小来喝喜酒。今天可能是个好日子，旁边还有一处人家在迎宾。我们转过右边的通道，来到一大宴会厅里。只见大厅的正面有个高高的舞台。舞台红色背景的墙壁上，缀着一些用气球做成的桃花，中间则用英文写着可能是某某联婚喜庆的文字；背景上面和大厅的左右两边，悬挂着电视屏幕，屏幕上在播放着新郎新娘的照片。大厅里各种各样的吊灯、饰灯把大厅照得金碧辉煌，加上播放的喜庆乐曲，使大厅洋溢着一派欢乐喜庆的气氛。我边看边和马来西亚的亲戚们打招呼，走过一围围桌椅，终于找到入席的台号。

马来西亚我有一个姑妈，两个叔父。姑妈9个子女；两个叔父——一个明叔5个子女，一个炳叔4个子女。而这群表哥表妹表弟、堂弟堂妹又各有不少子女。因此，要全部认出他们并不是件容易的事，尤其是有的多年没见面的。这不，我邻近一席有个男的向我挥挥手，我一时想不起来，待到堂妹坐在他身边，才记起是堂妹夫哩！

这次，除了表哥阿强在扬州、表弟阿德在菲律宾帮师头（老板）赶时间装轮船没空回来参加喜宴外，其他我认识的堂弟堂妹表妹表弟全部到场。

就这样和亲戚们寒暄着、问候着、交谈着，到晚上8点半，喜庆的宴会开始啦。

这时，只见两个男司仪在做主持——一个用普通话，一个用英文。开头大致是说今晚是王詹（我表妹夫大姓王，亲家男主人姓詹）联婚在这里设宴，欢迎各位亲朋好友在百忙中参加等等。接着就请出新郎新娘双方父母入席，随后是请新郎新娘进场入席，最后请出的是双方亲家的父母，或兄弟或姐妹，反正是最亲的人，把主人席坐满，然后开始上菜。仪式很简短，没有我们大陆的繁琐冗长，主持人又没用什么口水，因为许多仪式在接亲迎亲时做过了（诸如交换戒指什么的，在屏幕上由录像播放出来）。接着，主持人会唱歌助兴，也会叫上一两个男女歌手表演。这次叫的是一个男歌手，主持人和他轮流唱着，中间还有幼儿园小朋友的伴舞。可能是表妹的孙女那家幼儿园或班上的小朋友，有亲戚说右边第几人是她孙女。你如果有些水准，想露一下歌喉，也可以报上名去让主持人给你机会。跟我同去赴宴的82岁高龄的赖先生——冼沙那边一亲戚的岳父，还登台唱了首粤曲小调《欢乐曲》哩。

中间，还播放舞曲。喝到高兴处，听到音乐声，你会飘飘然，跃跃欲试。表妹表妹夫两人，还有其他表弟表妹堂弟堂妹等，一起跳起了喳喳……

就这样，整个宴会就像一场音乐会。边吃，边喝，边欣赏，一点都不觉得乏味，更不觉得时间长。

最高潮处，是主人家敬酒。跟我们不同，主人家不是每席敬酒，而是站在舞台上敬酒；双方父母，新朗新娘、再到祖父祖母、阿公阿婆，随后依次是双方父母的兄弟姐妹及新朗新娘的兄弟姐妹，一字型地站在舞台上敬酒。并且高喊着"饮——胜！""饮——胜！""饮——胜——！"的口号，"饮胜！""饮胜！"的叫喊声在舞台上震天响。

直到晚上11点，婚庆宴会才结束。然而许多人仍舍不得离去，尤其是一些亲戚们。

第二天，在去吃中午饭的途中，表妹夫载我。我问表妹夫，你们昨天的酒席是多少钱一席？

表妹夫答：1000元马币。

1000元马币一席，比起我们大陆这边，在酒楼摆酒还是便宜的。不过，他们的品种和份量没我们这边多，也不像我们这边那样浪费。

2013年1月20日于吉隆坡白沙罗酒店

"落选"如"落拓"

　　没做过官或即使做过官但没有经历过选举时落选的事儿，是不知道"落选"的滋味的。

　　那滋味是怎样的呢？

　　答："落选"如"落拓"！

　　你经历过？

　　我经历过。

　　那是11年前的事了。那年，镇党委换届选举，想不到我这个"镇委副书记"、"纪委书记"的双料候选人预备人选，在选举前一夜被人"割了禾青"——刷掉了。霎时，会场上的空气凝固起来，大多数不知情的党代表目瞪口呆，好像不相信自己的眼睛似的。好在我不把它当回事，继续主持会议（那节我是主持人，从开始发放选票到会议闭幕），直至闭幕结束。期间，上级派来的有位领导对我说，是不是闭幕式给别的同志主持？我说，不必了。一副大义凛然的样子。

　　会后，有人埋怨我选举前不跟村尤其是党代表多的村打电话，说某某都给村打电话呢！有人埋怨我不知情，被人搞鬼都不知道。

总之，都有理由，都出于正义，出于同情。其实，我当时兼任镇换届选举办公室主任，负责组织党代会的报告、材料、程序等等，确实难以抽出时间给人家打招呼，更想不到社会上的歪风邪气会跑到党代会上来。

落选后，我去市委组织两三次，想找部长当面交谈。交谈的内容早就想好了，就是要市委正确看待落选干部（那年各镇换届落选的干部较多，每个镇都有一两人——因为减员，原来每个镇十五六人，那年要减到12人）。因为这次的情况复杂，不是落选的人不称职、不合格或威望不高等，而是有人从中搞鬼，拉票。因此，不能像以往那样看待落选干部，把落选干部看扁。二是要安排好落选干部的工作，以便他们继续发挥作用。然而，每次去，部长不是开会就是不在。最后一次也不在，我只好写了封信交给他秘书，让秘书转给他。但一直没见回音，也不见他打电话来。

落选后，我好似"落拓"，很少有人来电话问候或安慰，尤其是部里以往那班所谓的"沙煲兄弟"，个个噤若寒蝉，没一个人跟你说话，也没有一个人给你电话。以往经常来电话找新哥的没有了。后来，这帮仁兄有的当上了局长，镇长，书记什么的并且都是处级或副处级的，我更没有听到他们的电话啦！我犹如"麻风佬"，没有人敢粘。

好在我这个人大量，天塌下来当被冚（广州话，与普通话的"盖"是同一意思），全然不把它当回事。这种性格也许是儿时就有。记得小时候，有次刮台风，我家里养的10只鸭子不见了，我和姐俩人涌过涌，田过田，找遍了家对面的大围小围，仍不见影踪，只好作罢。而邻居家有个男孩，只丢了3只鸭子却哭哭啼啼，边走边哭喊，挺伤心似的。这次落选，好在我还有一些生死与共的战友和知心朋友，他们知道我的为人，知道我的正直，因而主动亲近我，关心我。又好在我当时有个不错的镇领导，在等待再分配工作的日子里，我见市里长时间没有动静，而镇里有几个部门有位置，于是我找到镇领导，要求去环保部门。镇领导倒好说话，爽快地答应了我。

落选如"落拓"，落选如"落荒"，落选如"落井"，这是我落选后的体会。你不能责怪组织，不能责怪任何人，只能责怪自己"不识做"、"不会做"。像我这个这样上级组织部门定的"双料"候选人，谁会想到你会落选的呢？落选后，像前一两年报道的四川某地对落选干部给予重新重用的事是极少的；要人们对落选后的你一如既往地好也是不现实的。这也许是中国的传统和文化吧！记得上世纪 70 年代上高中时，曾听说过一个笑话：道滘医院有个医生叫皮达，人们在街上看到他，当面和他打招呼，背后却骂他"皮达死佬！""皮达死佬！"而到医院看病，为了少排队，就亲切地叫"皮达阿叔！""皮达阿叔！"对此他很反感，每逢遇到有人在医院看病叫他"皮达阿叔！""皮达阿叔！"时，他就说，你们现在求我看病，就叫"皮达阿叔！""皮达阿叔！"平时，不看病就叫我"皮达死佬！""皮达死佬！"了！看，人就是这样现实。这样的事，距今已三四十年了，何况现在？至于阿庆嫂说的"人走茶凉"，那就更早了。这不是中国的传统和文化又是什么？

2013 年 2 月 26 日

我成名人了？

大千世界，无奇不有。你说奇怪不奇怪，你说荒唐不荒唐，我这个普通至极的人，差点成了名人，被编进《中国名人大辞典》里了。

事情的缘起是一篇报道，时间是上世纪 90 年代后半叶。那时，我在镇里主管政法兼公安分局长。为了让外界了解分局的情况，提高公安分局的知名度，我以分局某方面做得好为题材（现在记不起是哪方面了），写了篇巴掌大的报道，被刊登在市里的报纸上。不久，我收到《中国名人大辞典》编辑部的来信，说我在 ×× 报上刊登的文章很有见地，要将我收入名人大辞典。还说印成后让我付多少钱，同时订购多少册云云……

其实，我那个稿子，是篇新闻稿，新闻稿有什么见地？只不过是如实报道罢了。而且，篇幅也只有巴掌大，这样，就成为名人呀？多轻易啊！

记得 80 年代中后期，我曾写过多少报道（包括文章）啊！还有不少是篇幅长、份量重的，被刊登在省一级的报刊上，有的还是全国性的，获奖的也有。那时，从没有哪家杂志或出版社将我当作名人。现在，却因一篇巴掌大的新闻稿，我就成为名人了？

· · · · · ·

我不干。

我不干，不是我不想成为名人，而是我不是名人。不是名人，你往名人堆里钻，干啥？"人贵有自知之明"啊！

我不干，还因为我不配"名人"这个桂冠。"名人"，什么是"名人"？我自己理解，就是"天下有名的人"。"中国名人大辞典"虽不一定是"天下有名的人"，但至少也要"中国有名"的吧？不然，何以叫"中国名人"？我普通公务员一个，既没有轰轰烈烈的业绩，又没有可以左右人们的思想与话语。没有创新，不敢突破，平平凡凡，若我等成为名人，岂不是"中国名人"大掉价？我自觉不配。

同时，我不干，还因为我没多少钱，没有到富翁这一步。要知道，现在的"名人"，一般是腰缠万贯的，尤其是歌星、影星、球星等。甚至是有钱就有名。我上班一族，三餐可以，而余额不多，哪有钱去做"名人"？

而且我也不想成为名人。你看，名人多累多辛苦啊，经常在天上飞来飞去。每到一处，又必受到粉丝围追，要求签名，要求合影什么的，虽脸上有光，但太颠簸，太辛苦了，不是一般人能顶得住的。还不自由，像皇帝一样，一切靠经纪或秘书代劳、安排，离开经纪或秘书就寸步难行似的。还容易被狗仔队跟踪，被八卦新闻爆料。……我等上班正常，工作正常，休息正常，遇双休日约三五好友到附近行行山，度度假，放松一下，有张有弛，劳逸结合，怡然自得，多惬意啊！这样，有时是比名人还潇洒，还自由的。

最后想说的是，名人大辞典编辑部把我列为名人，真是"太有才"，太有眼光了。你们不认识我，不了解我，不清楚我，光凭一篇巴掌大的报道，就认定我为"名人"，就想将我编入《中国名人大辞典》，是不是过于儿戏，过于简单，过于"无谱"？要是我的名字列入《中国名人大辞典》，名人大辞典里的"名人"，岂不是"水货"多多？

2013 年 3 月 21 日

别了，龙脊梯田

我国的旅游景点千千万，我国的名山大川万万千。有的景点，我虽去过两三次，但还想去。如福建的武夷山、四川的峨眉山和河南的云台山等。而有的景点，虽然也很有名，但因周边的环境影响及交通不便等因素，去过一次，就不想再去了，像龙脊梯田那样。因而在去年底，我去过龙脊梯田后，就有了对龙脊梯田说别了的感叹。

其实，龙脊梯田于我早就心已往之。因为她线条优美，行云流水，加上规模磅礴，气势恢弘，有"世界梯田之冠"的美誉。为什么却去了一次就说"别了"，不想再去呢？

答曰：一是路太窄。虽不是羊肠小道，但跟羊肠小道差不多。一条尺余左右宽的石板路，碰到迎面有人过来都要相互避让，走起来很是不"爽"。龙脊梯田有一号和二号两个观景点，一号在村子东侧，较远，二号相对近一些。当地导游带着我们往二号观景点。我们沿着穿过村寨的石板路，弓着腰，一步一步往前走。约莫半个小时，走出古村寨，再往上走一二里，才看到了层层叠叠的梯田。但天公不作美，下起了雾，时大时小。我们只看到梯田的模样，拍了几张不太满意的照片就匆匆下山了。当地导游说，要是旅游旺季或黄金周，这条路上上下下得走3个多小时。我不是摄影家，也不是发烧友，只是个游客，到一个地方只希望好好欣赏一下风景，了解一下当地的风土人情。但像这样走了这么远的路，却看不到什么东西，有啥意义？如果上一号观景点的话，光是走路，可能要大半天了。

第二，也是最致命的一个，有些梯田被村民占用来建房屋，原生态遭到破坏。也许平时来这里搞摄影、搞创作的人太多，村民们开办的餐厅、客栈生意好，因而房屋越建越多，越建越大，越建越高。不仅将石板路两旁建满，使石板路难以扩大扩宽，而且也不断往山上建。往山上建，必然会占去梯田。那天，我们就看到有好几户村民在建新房。还有一些摆卖商品的小摊档，也越摆越高，影响了梯田的风景，想拍张像样一点的照片，要就这那。因此，我说"别了"的意思，还包括梯田风光可能不再——如果再继续这样房屋往上建，毫无节制的话。

龙脊梯田胜景，是祖先们留给村寨人的。据说她始建于元朝，完工于清代，距今有650多年的历史。昔日的先辈们当初谁也没有想到，他们用血汗和生命开出来的梯田，竟成如此妩媚潇洒的曲线世界，举世闻名，成为旅游景点，成为村寨人的摇钱树。现在，我相信，龙脊梯田不仅仅是当地村寨人的梯田，不仅仅是龙胜人乃至广西人的梯田，更是中国和世界的文化自然遗产。如果我们村寨人不好好珍惜，不细心呵护，甚至因之贪一己之利的话，那最终失去的，就是村民本身了……

当然，龙脊梯田延绵几十平方公里，不能说失去就一下会失去的。但如果搞到交通不便，行路难，游人望而生畏，怕上去或上不去，岂不是像当初那样躺在深山无人识么？我前面说过，祖国的景点千千万，祖国的名山万万千，我难道非要到你这里不可？

干什么都要有个"度"。建设过度，开发过度，要警惕啊！

2013年4月10日

想不到自己会"落伍"

我这个人，兴许是受正统教育太多了——你看，读小学时正赶上毛主席他老人家号召学雷锋，后又学习焦裕禄、麦贤得、王杰、刘英俊等一大批英雄模范；"文革"开始时又赶上"要斗私批修"，狠斗私心一闪念；读初中高中时又赶上学工、学农、学军，"工人阶级领导一切"，"接受贫下中农的再教育"；当兵时又赶上"工业学大庆"、"农业学大寨"、"全国学人民解放军"、"解放军学全国人民"——因而，毛泽东思想高高举起，为人民服务，人民的利益高于一切等思想观念扎根于心。及至转业回地方后，也一切服从组织安排，党叫干啥就干啥，全然没什么私心、杂念，也没什么怨言，一门心思只是做好自己分管的工作，将组织交给的各项工作任务完成好。

抱着这样的思想、这样的观念以及这样的工作态度，我一干就是几十年，甚至还想继续干下去，直到退休为止。

但意想不到的是，我这样的思想、这样的观念以及这样的态度"落伍"了，跟不上形势的发展了。

说自己这样的思想、这样的观念、这样的工作态度"落伍"了，也并非自己事先发现和意识到的，而是别人的提醒、指点，才领悟到的。

那是两年前吧，镇领导班子将要换届选举。换届前，根据上级的部署和安排，一般要通过民主推荐来确定下一届的班子候选人预备人选。一天下午，我接到一党委委员电话，要我在明天的民主推荐会上给予支持。我说，你这么年轻、能干，肯定会推荐的啦！还会让谁来代替你呀？我还说，又不是不熟，何必还要打电话来呢？想不到对方这样说："你傻呀？我难道不想再升一级吗？"听他这样一说，我愣了半天。这时，我才明白，这个党委委员打电话给我，不是想让我推荐他继续当党委委员，而是让我往党委副书记或更高一级的职位上推。

这个电话，如梗在喉，使我难受了一下午。一是因为被他数落，说我"傻"了，不懂得他来电话的用意，使我忿忿不平。真是好心没有好报。二是想不到他居然有野心，且学会做手脚。他当委员才一两届，且年纪也不大，就想往上升呀？谁当书记、谁当镇长、谁当副书记，不是上级组织部门根据考察的情况和党委的意图去定的么？他这样做，不是不服从组织安排，想拉票吗？如此看来，我真是"落伍"了，不适合形势的需要了。

其实，即使在十多年前，有位拍档提醒我：新哥，你整天这样干，是没用的。你没听说"只跑不送，工作调动；又跑又送，提拔重用；不跑不送，原地不动"吗？那时，我也不信，因为始终相信组织，相信主管的部门。加上请客送礼不是我的特长，不是我的爱好，甚至还有点羞耻，认为这样做会伤害双方的感情。不料，这次这位仁兄的"点拨"，我虽然有点恼，但确实让我看到了自己的实情。同时，也更进一步看清了对方的面目。

是的，作为为官者，谁都想在仕途上"再升一级"，甚至是升了一级还想"再升一级"，乃至到处级、厅级、部级。君不见，报上说不是有人为在仕途上"再升一级"，到三门峡渑池县仰韶大峡谷景区内跪拜悬棺吗？因为这些悬棺"升"在半空，是"升官"的谐音。只是这样想"再升一级"乃至几级的为官者，到底是打为人民服务这个大算盘，还是打自己小九九那个小算盘？

2013 年 5 月 8 日

不求知名度只想发声音

近日偶翻《杂文报》，读到《署名"户籍"弊大于利》一文（2012年11月20日第5版，作者：王德亭），感到作者讲得很有道理，《杂文报》在这方面不妨改进一下。

谁都知道，能写杂文，会写杂文，有点时间写写杂文，除了报刊的编辑、记者，院校的讲师、老师、专家以及一些自由职业者外，剩下的，可能都是年纪稍大一点的人了。这些人，一般退休或将近退休，生活无问题，不会为"五斗米"折腰，还图什么名、什么利呢？写写杂文，抨击时弊，以吐心中不快，只不过是他们有所担当、有所责任罢了。因此，能有一个园地、一个平台给他们发泄（发表），能有一些知音在倾听他们的诉说，在倾听他们的建议或请求，他们就感到非常高兴了，还要什么知名度？

况且，杂文是投枪，是匕首，弄不好，有时也是要吃官司的。许多作者连真名实姓都不敢写呢，你还在他署名的前面加上"户籍"，岂不是给作者增加压力吗？

实际上，现在的许多杂文之所以失去了血，"投枪"变成了"锣鼓"，"匕首"变成了"喇叭"，也与杂文会得罪人，对号入座有关。在同一版的《杂文不能"失血"》一文中（作者：张朝鹏），也讲到这个问题。说当前杂文创作的基本规律是"说外不说内"，"就远不就近"，"对上不对下"，"议经不议政"，"谈古不谈今"。许多杂文家在"据报载"、"据史载"中流连忘返。为什么会变成这样？我想，皆是因为怕惹麻烦啊！

当然，也许有些人是想扬名，想图利的，因为这些人"正年轻"，前途无量。我的想法是，谁愿意在署名前加"户籍"的，由他自己作主好了，但如果作者没在署名前加上"户籍"的，编辑们千万不要替作者加上去了。

2013 年 5 月 11 日

把握自己

　　妻小学时的几个同学聚会。谈起某同学昔日风风光光、春风得意，但后因有几个钱而滚红滚绿，不能自拔，致使众叛亲离，妻子儿女也离他而去。妻很是惋惜，说读书时我最敬佩的是他，不但成绩好，还聪明、成熟，想不到他会变成这样，真有点可惜。见妻这样伤感，妻一同学说：做人，要把握自己；而他没有。

　　"把握自己"，表面看平淡无奇，但我以为内涵丰富，哲理深刻，值得把玩，值得掂量，值得回味。看，现实生活中，有多少人为一些事和人或自暴自弃，甘愿堕落；或心灰意冷，自寻短见；或铤而走险，铸成大错；或执迷不悟，锒铛入狱（包括赌徒、包括毒友、包括贪官），那都是由于没有"把握自己"造成的啊！因而妻回来向我说起这件事，我记住了这句话。

　　那么，如何把握自己？我以为，首先一个要理智，要清醒。每个人的一生，不可能总是平淡如水——水也会因周围的环境污染而污染，也会因风起皱——他必然有顶峰，有低谷；有得意，有失意；有欢愉，有忧愁；有快乐，有痛苦；有光明，有绝望……而要做到得意时不忘形，失意时不失志，绝望时不走险，就要头脑清醒，理智对人对事，从而把握自己。

　　　　· · · · · ·　　　　153

第二要有自知之明。俗话说："有多大的头就戴多大的帽"，"什么样的马配什么样的鞍"。明知不能"为"，硬去"为"之，岂不"撞板"？这如同驾一艘小船过大海一样，明知风大浪大了，硬要闯过去？等到风停了浪静了再过去，不是更好吗？风平浪静过去，小船才不会翻，人也不会亡。这就是自知之明。有些事，不是不能"为"，而是"为"了的效果会怎样，自己是否食得下。譬如有人说请你吃饭，是朋友、哥们的无所谓。陌生的、不认识的人请你，如果你有小小的权力，你难道没有戒心？没有考虑这顿饭是"吃得"还是"吃不得"？做人，多点自知之明了，就会少点狂妄，少点自大，少点骄横，少点霸气，少点放纵。遇事掂掂轻重，权衡一下自己的得失，进而把握自己。

第三，要有度。人不可能无理想、无欲望。既然有理想、有欲望，就会有想法，就会有贪念。问题是怎样将想法和贪念压下，闷住。有时确实压不下闷不住蹦出来了，怎么办？这就要有个度。按现在的时髦说法是"底线"，不能过。人非圣人，谁敢保证不犯错？关键是犯错了要改，就此打住，真正做到"下不为例"。不然，贪得无厌，"人心不足蛇吞象"，像某些贪官那样，手越伸越长，胃口越贪越大，不能把握自己，迟早是会出事的。其他问题也同理。知道个底线了，知道个度了，就能把握自己。

2013 年 6 月 28 日

我的中国梦

"喂！老李，最近人人都在说中国梦，你的中国梦是什么？"

——我的中国梦？我的中国梦，就是让人民能喝上干净的水，吸上新鲜的空气，吃上放心的肉、食品和蔬菜。还有一个，就是社会公平，治安良好，人与人之间的关系融洽。

"就这么简单？"

——怎么简单呢？你想想，我们当年这个地方多好啊！有青山，有绿水，有滩涂，有湿地，常年蓝天白云，四季有鱼有虾，可谓是背负盛名的"鱼米之乡"啊！加上社会公平，人与人之间的关系好，极少有偷鸡摸狗的事，那真是"夜不闭户，路不拾遗"啊！可现在，经济虽然发展了，政府和人们的钱袋子饱满了，但生态被破坏了，环境被污染了。你看看，现在有多少蓝天白云的日子呢？你看看我们的所有河涌，有多少不是在发黑发臭的？要不是有条东江，我们早就没有水喝了；但东江也不安全，也正在被污染。你再看看我们吃的东西，不是被水源或土壤污染就是添加这添加那一些化学品，全不顾人们的健康和安全，哪个能放心地吃？现在，人们的钱袋子普遍有钱了，但人与人之间的关系复杂了，"仇富"、"仇官"的情结加深了，——表现在不仅社会治安乱，而且社会的秩序也乱……你说，要改变这些状况，实现这些梦想，是简单的吗？

"你……你这是想回到过去！"

——有些东西，回到过去有什么不好的？习总书记不是也说中国梦是复兴梦吗？

"……"。

2013 年 7 月 29 日

印　象

　　上世纪 70 年代看小说，不知在哪部小说中读到这样的话：有的人，一见面热情如火，什么话都跟你说，显得挺热乎，很亲近。但随着时间的推移，你发现他每次不过如此，并没有什么新的内容和东西，以至于后来渐渐地把他淡忘；而有的人，初接触时虽然冷淡，平常，但随着时间的推移和深入的接触，你发现他很乐意帮助人和温暖人，甚至爱别人胜过爱自己，以至于以后彼此分手了，还在想念他，怀念他和惦记他（大致意思）。我想，这就是印象。

　　客观事物（包括人自己）给人的印象一般有两种：即好印象和差印象。但我发现还有一种，那就是无印象。记得 80 年代初，我从团里调到军政治部组织处不久，处里也从坦克团调来了一个干事。有一天在办公室上班，我抽烟，便也拿一根给他抽。他说不会抽。我说：茶呢？他告诉我，他这个人不会抽烟，不会喝酒，不会喝茶，只会喝白开水！我当场不客气地说：“你不会抽烟不会喝酒不会喝茶，活在世上有啥意思？倒不如死了的好！”不是吗？不抽烟不喝酒还说得过去，连茶都不会喝不去喝，活在世上有什么意思？就说是酒，按照许世友将军的观点，一般人都可以喝和能喝，关键是看他怕不怕死。所以，据说许将军是从来不用不会喝酒的人的。因为他怕死!

　　就是这样一个"三不会"的同事,我转业到地方若干年后与组织处的一些同事相聚,问起他的去向,同事们都说记不起有这个人。说没什么印象。

　　给人没"印象"的,还有我在地方组织部门遇到的一位"仁兄"。这位仁兄,原来是在镇派出所(那时各镇还没有成立分局)干公安的,后来,通过"曲线调动",到我们科当了一名干事。当了两三年,又调回到原来的镇里任职。他虽然在科里待了两三年,但大家从来没有提起过他,好像他不曾在科里待过一样。因为大家对他"没有印象"。

　　我想,给人"没有印象"的人,可能与这些人比较"精"有莫大关系。有人说:"水清则无鱼,人精则无友"。我说,不要说"无友"这么严重吧,但"人精"则"缺友"、"少友"是肯定的。你不乐意助人,不愿意付出,一味打自己的"小九九",谁愿意跟你交朋友?像上面提到的那位仁兄,在科里几年从没帮科里打过水、扫过地,每次离下班时间还差十分八分钟呢,他已拿着饭兜进饭堂了。又如那位"三不会"的同事,你连茶都不喝,有什么朋友?一次,他回家结婚,带了两条"常德"牌香烟归队,说是通过物资局的熟人批发到的。给了我一根。我点燃一抽,发霉的,当场扔掉了。

　　至于我自己,兴许是性情中人,讲义气,讲交情,"人敬我一尺,我敬人一丈",不贪便宜,甘愿吃亏,加上乐于助人,在自己能力范围之内的能帮则帮等缘故吧,我在一些朋友的印象中,总的感觉应该是不错的。这里,不妨向大家披露几件事。

　　第一件事,在我转业离开部队的那天下午,处里的全体同事(包括正副处长)都骑着单车到地方车站送我。跟我握手,跟我拥抱,跟我道别,汽车缓缓开出后又跟我挥手。当时,与我一同转业乘长途汽车走的还有一文化处的副处长。但他处里无一人送他。同车的一些地方老百姓,看到这个场面,无不羡慕地对我说:"你太幸福了,这么多人来送你!"我说:"是的!他们都是我的首长和同事!"

其实，与其说我给同事们留下不错的印象，倒不如说同事们给我留下更为深刻的印象。尤其是这个"车站送别"的场面，我当时真是热泪盈眶了。

第二件事，是我转业到地方后，始终都与处里的一些同事保持来往。虽然后来他们有的调动，有的转业，但我会利用旅游或节假日的机会去探望他们。他们其中的一些人，也利用来莞的机会打电话给我。一次，老处长来莞，安顿他的是他的一个同乡——也是我在处里时的同事，当时大家同在一个办公室，他后来调驻莞部队，以后转业在东莞公安部门工作——接到老处长说住在东城某酒店的电话，我就去酒店拜访老处长。当时，老处长的同乡也在。聊谈中，老处长突然对他的同乡说："小李这个人是不错的。你以后交朋友，就要交像小李这样的人。"

第三件事，是师里的一个组织科长，广东吴川人。本来，我跟他还谈不上深交，只是有一次，该师有份材料要修改，处长便叫他上来，住在军招待所修改，同时也叫我陪他。不陪不知道，一陪，知道这个科长爱喝酒，并且他自己随身带了一军用水壶酒来。一天晚上，水壶里的酒喝完了，科长让我帮他买。因他喝的是部队酿造的米酒，军农场这么晚早就关门了。没办法，我最后在地方给他弄了瓶莲花白。后来，我有次下到该师搞调研，他请我到他家吃饭和喝酒。20世纪80年代中后期，他转业到湛江，在某土地开发公司任党组书记。我有次到湛江开会，住在环球宾馆，打电话给他，他说请我吃饭。结果，两个人喝了一小瓶蓝带。就是这么些交情，但我一直忘不了。后来，听说他被抓了，并且被判了刑。到底多长时间，我也不知道，但我一直在关心、打听着他。去年，听说他出来了，我马上与湛江的一战友联系。湛江的那战友说：是呀，他很惨的，出来后，回老家吴川，什么东西都没有，做饭用的煤气及煤气罐什么的，都是湛江的战友集资给他解决的。我问了他的电话，利用"十一"黄金周的机会，专程带了些礼物和一万元现金去探望他。交谈中，他说被冤的。我说，有没有"三反""五反"和"反右"

这么冤？有没有"文革"这么冤？不少人在这些运动中都挺过来了，你这个算啥？不要想这么多，不要计较以往，要向前看，过好以后的每一天。回来后，我告诉以前在他科里当过干事的战友卢达权。卢与我商量，决定每月固定给他几百元，定期打到他的账户上。这使他大为感激，想不到我这个与他接触不多的人，却牵头为他做了件大好事。

　　然而，我有我的原则，我有我的宗旨。并不是对每个有求于我的人都这么大方，这么慷慨的，弄不好，甚至连面子也不给呢。我原来团里的一个股长，广东粤西人，转业后在县宣传部当副部长，其妻子在县保健院工作，家境应该是不错的。后来，他说他的妻子因挪用公款，需要填账，生活有困难，找到我。我二话没说，给了他 3000 元。第二年，他又来找我，说儿子在广州读书，需要学费。我又二话没说，给了他 2000 元。第三次，他又来了，说是在湖南什么地方，与人承包了一段路的工程，需要一些钱打点一下关系。我说，你承包工程，对方不是有预付款的吗？他不吭声。多的不给，我只给了几百元作为他回家的路费。第四次，他又来了，说是儿子毕业，准备报考海关，需要请客送礼。我说，送客送礼多少钱才够？我不给，只是给了他点路费。第五次，他又来了，说是女儿在广州读书，注册需要钱。我从来没听说他有个女儿，他也不可以生第二胎，因为是计生对象。他说捡来的。我当时想，你有本事捡，就有本事养，向别人伸手干啥？但一想到小孩读书，我还是心软了，让步了，给了他 1000 元。第六次，他又来了，说是与别人合伙养殖花螺，需要些钱。这次，我毫不客气地说："你有这个想法是好的，但钱要靠自己挣；别人给，毕竟是多添的。你看我好，我看你好。我是拿工资的，又没有做生意，哪能经常给你资助呢？"后来，他承包了一个粤剧团，自己当团长，又来找过我，说让我帮忙联系一下看看哪些村庄需要请剧团唱戏，我不予理睬。

　　还有个别识趣的，一次就自觉打住。那年，我原来连队的指导员（其实，他没来连队当指导员之前，我早已在营报道组了。只不过我的编制在连队，有时回连队领每月6元钱的津贴跟他认识罢了），转业到当地后调到惠州，可能以为东莞兵个个发了财。有次来东莞找到了我，直言不讳地说："一，现在将近过年，要给父母一点钱；二，单位最近房改，需要一笔钱装修，看你能不能支持一些。"我给了他四五千元。请他吃过饭后，他说到我家里坐坐，我便带他去了我家。进入我家后，他这里看看，那里瞧瞧，问："你装修怎么这样简单呢？"是的，我当时的房子只铺上地板，既没装天花，又没换窗子（窗子是用角铁做的，不是铝合金的）。然而就这样简单，包括一些木工和家具，也花掉我的所有积蓄了。我对他说："你以为东莞个个很富啊？拿工资的，又不是做生意，能富到哪里？"后来，他也许是良心发现或是什么，再也没有找过我了。而且，一两年后，他还为我寄回了一半的钱。

我在连队时有个战友，叫钟天佑，广东遂溪人。对越还击作战中身上多处负伤，右眼球被摘除，是二等甲级伤残。90年代后期，他原工作所在的糖厂因经济不景气被关闭，生活一度陷入困境。一次，他和妻子乘长途汽车专程来找我，还带了条毒蛇来。这使我非常感动。我说，你以后不要带这些东西上车了，要是在车上给它咬了人怎么办？我给了他4000元，还安顿他俩在镇招待所住了一晚。去年"八一"期间，连队第一次集中在番禺搞战友会，他和遂溪籍的战友也赶来参加。我掏出2000元给他，他不肯要。我说，我是专门多带些钱来给你的，这是我的心意。好说歹说，他才接受。国庆黄金周期间，我带了几家人在阳西、湛江、廉江、遂溪转了一圈，顺便看看他。期间，我又给他2000元，他啥也不肯要，说自己已有工作，生活并不是很困难。这才是做人应有的自强自立……同时又给人以好的印象。

2013年7月31日

最爱杂文

　　知道有份《杂文报》，是在 2006 年年底。那是要在订阅次年报纸杂志的时候，我浏览邮政部门印发的全国报纸杂志订阅一览表，发现其中有份《杂文报》，不觉心头一亮：咦，杂文专门有一份报纸? 我喜出望外。于是除了续订了以往订的报纸杂志外，还订了一份《杂文报》，一直至今。

　　认识《杂文报》虽然较晚，但在上世纪 70 年代读高中时我就喜爱杂文。记得课文中鲁迅先生的《纪念刘和珍君》《为了忘却的纪念》等文章，使我心潮澎湃，常常轻声朗诵"真的猛士，敢于直面惨淡的人生，敢于正视淋漓的鲜血"……; 学校编印的文学作品选，其中的《王麻子剪刀店》杂文（记不清是那个名家所写的了，说的是解放前北京还是上海，有个王麻子剪刀店出的剪刀很好，方圆几十里都有名。后有开剪刀店的，都说是王麻子剪刀店，或老王麻子剪刀店，有的甚至是老老老王麻子剪刀店。这篇杂文，在我看来，即使是在今天，仍不失为一篇好杂文，对当今社会仍有深刻的意义），使我爱不释手，印象深刻。1976 年，我到部队当兵，有幸被抽调到营报道组搞新闻报道。由于整天大部分时间接触的多是报纸，看到的杂文更多，题材和内容也就更广了。特别是粉碎"四人帮"后，报纸的副刊上，一般都刊有杂文，我必先看而后快。尤其是《解放军报》恢复了停刊十多年的"并非闲话"，短小精悍的好杂文更多了。为此，我还将报上的一些好杂文剪下来，贴在一个用 16 开白纸装订好的集子上，取名为《杂文集》。可惜的是后来由于调防、参加对越自卫还击作战等军事行动，那本集子不知在哪里丢失了。不然，留到现在，倒是一个很好的纪念。

1984 年，我转业到地方工作。在地方，我看到《羊城晚报》的副刊"花地"上也经常刊有杂文，并且是名家大家的杂文，如严秀、牧惠、舒展、老烈、章明等等，于是我专门订了份《羊城晚报》。一是看该报的副刊（包括杂文、包括文学作品），二是看该报头版的"街头巷议"（微音杂谈），三是看该报的一些追踪报道。

杂文看多了读多了，我也萌生了写杂文的念头。那年月，我针对一些工厂学校等单位动不动搞庆典的情况，写的《从厕所开张也要请饮谈起》；针对每逢"七一"表彰优秀党员，领导和干部的比例一般都比普通党员高的现象，写的《想起了许光达……》等杂文，也引起反响和获得过好评。

回到《杂文报》报上。看了六七年的《杂文报》，我认为《杂文报》直言、敢言、善言。远的不说，就说不久前张心阳同志的《思想是条内裤》吧，从题目到内容，可谓是见所未见，闻所未闻，真是令人精神一振，耳目一新。这在别的报纸杂志上，可能是不敢刊用的，但《杂文报》刊用了，足见《杂文报》的勇气与胆量。去年底开始，我也尝试着给《杂文报》投稿，结果也小有收获。

近日，某知名年轻美女作家在接受南都记者专访时谈到杂文。说杂文和散文都是配菜，只有小说才是文学的唯一载体。还说杂文不应该卖钱。若是这样的话，《杂文报》的同仁岂不是苦费心机？

其实，这是仁者见仁，智者见智。像我这个喜爱读书的人，80年代至今也只看了两部小说，一部是戴厚英的《人啊人！》，一部是路遥的《人生》。平时看的，都是杂文、散文和一些较短的作品，以及广东省政协主办的《同舟共进》。现在谁有那么多的时间去啃大部头？再说，杂文才是我的最爱，小说只不过是消遣。有大把时间的去看看还可以，可我没有那么多的时间去消遣。

　　不过，《杂文报》刊用名人名家的作品似乎太多了。像我辈"文革"中高中毕业，又喜欢写点东西的人，是不太容易挤得进去的。《杂文报》在这方面是否可以改进一下？我以为，名家名人写的如果确实是顶好的绝好的当然要用；若是一般的，没什么新意的算了。多留些版面给有业余爱好而又确实是写得不错的人吧。

2013 年 11 月 23 日

三十多年前我也写过书店

近日读到何频先生的一篇文章——《"含泪微笑"读旧书》（摘自 2013 年 12 月 10 日《人民日报》），才知道已故大散文家秦牧，在上世纪 70 年代末写过书店，写过排队买书的人——题目叫《中国的"书龙"》——被收进在百花文艺出版社 1979 年 9 月版的《长街灯语》散文集（秦牧著）里。据何文介绍，秦牧在《中国的"书龙"》一文中热情洋溢地记述当年群众排队买书的情景："全国各大中城市，春夏之间，特别是'五一'节前后，新华书店门口，普遍出现了排队买书的队伍，形成一条条蜿蜒街头的'书龙'。"北京王府井大街，等候书店开门的队伍长达一里开外。"有些人带着干粮，背着水壶，站在队伍中吃、喝，坚持了十个八个小时，满头大汗，精疲力竭，但是在买到心爱的书籍，从书店里出来的时候，却神采奕奕，眼睛里放射着喜悦的光芒。这种景象，实在是感人至深，堪称为中国现代史上的奇迹。"一些世界名著，总是一上市就被人抢购一空。"有人为了买一本几角钱的书，竟要贴上几块钱车费，到大中城市去跑一趟，也有从乡下到县城往返七八十里，连跑三趟却买不到一本心爱的书的。我读过好些乡间读者叙述这类经历的信件，那样的申诉，有时使我持信的手也抖动起来。"……

这些生动直观的描写，今天读来可能有些人以为是天方夜谭，不可思议，然而它却是那个时代的真实写照。

10年"文化大革命"，打倒了一大批老革命、老前辈、老知识分子和老科学家，不仅"革"掉了文化的命，更"革"掉了知识和科学技术的命，造成了国民经济的严重倒退。那时，书店里除了马恩列毛的著作以及一些当时的政治书籍外，极少有其它知识类科学类的书。文学小说类的，除了浩然的《金光大道》、《艳阳天》外，其它的就极少有了（倒是广东人民出版社，在70年代初至1975年出版过中篇小说《壁垒森严》、故事集《故事会》、散文集《飘动的篝火》等一些有文学艺术性、可读性的书籍）。因为在"文革"刚开始时，50年代至"文革"前所出版的国内外文学名著，全都被当作"封、资、修"，甚至是"大毒草"给清除掉了。文化、知识、科学一片荒芜和凋零，人们想看书而找不到喜欢的书看，造成文化、知识、科学以及各类技术的贫乏。打倒"四人帮"后，特别是经过开展"真理标准大讨论"后，拨乱反正，大地回春，尤其是文代会、科学大会的召开，以邓小平同志为核心的党中央发出了向科学进军的号令、叶剑英元帅的新诗"攻城不怕坚，攻书莫畏难。科学有险阻，苦战能过关"发表后，全国各行各业出现了一派欣欣向荣、勤奋工作、学习的喜人局面。各地出版社审时度势，顺应潮流，重新再版或出版了一大批中外名著，以及各种各类的书籍。而广大人民群众又争分夺秘，决心把在"文革"中所耽误的时间夺回来，边工作，边学习，边读书，以致于出现去书店买书要经常排队的场面。

这种景象，可能一直持续到80年代，因为那时我在五十五军政治都组织处当干事，军部就驻在离潮州市不远的竹竿山。逢星期六星期天，没什么事的话，我也喜欢到潮州新华书店逛逛，以买些自己喜欢的书籍。而每次到书店，几乎都遇到熙熙攘攘，人头涌动的场面，跟上集市一样热闹、多人。当时，我在书店看不到有秦牧著的《长街灯语》；1978年在报上也没有看到《中国的"书龙"》这一篇文章（我那时在营报道组，报道组只有《人民日报》、《解放军报》和军区的《战士报》，可能是报纸太少的缘故）。有趣的是我在军组织处去潮州新华书店买书的过程中，多次目睹潮州新华书店人头攒动的情景后，有感而发，写了篇散文，甚至是散文诗形式的散文，叫《书店抒怀》（附后）。

那篇文章，写于三十多年前的1982年初。文章显然有些幼稚，不成熟，遣词造句也可能生搬、做作，但却是那个时代各地书店的真实写照和记录。读了何频先生的文章，我写了上面的文字，也算是对那个时代的一个回忆和纪念吧！

2013 年 12 月 28 日

附：

书店抒怀

要不是看到你门前那高挂的牌子，要不是看到你店中那简易的摆设，我真疑心你是云集百货的商场，抑或是那收藏万物的博物馆。要不，你为什么门庭若市，顾客重重？要不，你为什么店内似街，人头攒动？

看——多少人涌向你敞开的胸怀！一群群、一路路、一队队、一排排，犹如初春的潮水，又恰似大海的波涛。

瞧——多少人围在你伸开的臂下！一团团、一簇簇、一圈圈、一帮帮，如同在看时髦的商品，又好像在瞧罕见的珍藏。

前者，坐稳步，弓着腰，在向后顶；

后者，张开臂，侧着身，在往前挤。

人们肩擦着背，背挨着肩；脚跟碰着脚背，脚背垫着脚尖。

有的踮起脚，探高头，在左右寻觅；

有的捧着书，俯着首，在潜心挑选。

有的窃窃私语，有的默默无言，

有的相互抢购，有的主动推举……

寻到的，满脸堆笑，连声说好；

未寻到的，双目圆睁，继续寻找。

这中间，既有矜持的医生，又有文静的老师；既有和蔼的工人，又有淳朴的农民；既有年轻的小伙子，又有稳重的老人；既有天真的红领巾，又有威武的解放军；既有本地的熟客，又有异地的陌生人……

嘿，真是说不出的非凡热闹，道不尽的热闹非凡！

看着，瞧着；瞧着，看着。倏地，一个疑题在我心房砰动：——啊！书店，你既没有五光十色的商品，又没有稀奇罕见的珍藏，为什么却如此能吸引着顾客，使本地的人一有空就往你这里钻，外地来的人也要抽空光临？

我沉思，望着这众多的人群；

我苦想，看着那架上的书籍。

兴许是你如今的书多了吧！你看，一摞摞，一叠叠，放满了书架，塞满了柜台。什么政治经济呀，什么天文地理呀，什么专业知识呀，什么文学艺术呀，真是琳琅满目，应有尽有。想当初，在十年动乱中，你这里一片单调、枯零，找本好书比找副贵重中药还难，人们怎么会跑到你这里来呢？

但，这似乎不尽然。

兴许是如今人们的生活富裕了吧！你看，大家穿红着绿，衣着楚楚。什么尼子的卡呀，什么尼龙薄绒呀；什么毛线青纶呀，什么绫罗绸缎呀，真是五光十色，眼花缭乱。想当初，在十年动乱中，人们温饱无保障，哪有钱来买书？

但，这似乎还不尽然。

那么，到底是什么原因呢？

我把目光移向人群。

啊，从人们那如痴如醉的神态中，从人们那四处寻觅的目光中，我终于明白了其中的奥妙，我终于清楚了里面的原因：

——人们需要精神粮食！人们需要知识武装！

这虽然是十年动乱使人们的精神荒芜，知识贫乏，现在需要赶快填补。但更重要的是，这几年，在党的十一届三中全会以来的路线、方针、政策的指引下，随着物质生活的提高，人们不仅限于物质的满足，而且要追求高尚的精神生活，渴望科学知识的武装。

　　因为，物质可以使人得到享受，精神可以使人陶冶心灵。

　　没有物质，人们不能温饱；有了温饱，人们就会去丰富精神。通过丰富精神，再去创造更多的物质。

　　这是我国人民今天所追求和为之而奋斗的两大目标！

　　而书店——你，正是精神粮食的仓库，正是各种知识的宝囊！

　　啊！书店，如果把书籍比作花朵，那么，你就是百花园，人们就是采集花朵的蜂蜜了。他们从远处走来，是向昨天的生活告别。他们从这里出去，是为了迎接美好的明天。看到你，我仿佛看到了春天——一个知识的春天，正在全国960万平方公里的大地上降临！

1982年3月于潮州

凡人点滴

叔父李汉明

我的叔父李汉明，出生于马来西亚。

严格来说，他不是我的亲叔父。他是我父亲的堂弟。但由于在家乡李氏中我们是最亲的，故此我全家人都叫他叔父。

第一次见到叔父，是在1992年。之前，我多次听统战部部长何忠说过，我叔父在吉隆坡雪俄兰东安同乡会做会长，家境不错，有别墅和小车云云。1992年，他带了几十个东莞和宝安籍的马来西亚华人回来，住在当时市内有名的"十三层"——东信酒店。何忠部长通知我。于是我携妻带子一齐去探望他。他个子不高，宽额头，大眼睛，双目炯炯有神，有点像我的亲叔父和我的一个表哥。婶母倒身材高挑，蛮漂亮。

当时，我妻子在市新华书店工作。考虑到他们第一次到东莞，对东莞的情况不熟悉，我还叫妻子第二天在书店买了几十张东莞地图，给他们每人一张呢。

叔父精神矍铄，身板硬朗。六十多岁了，还忙个不停。他不是忙生意、忙家庭，而是忙社交、忙公益、忙会馆的事。1995年我和何忠、市侨联主席蔡玉维受邀参加东安同乡会年会，2000年我全家去马来西亚过春节，都是他驾车载着我们上云顶、上怡保、上槟城和南下马六甲。这两次，几乎把西马来西亚游了个遍。2001年我与市侨办主任赖立新等受邀参加在云顶召开的第四届世界惠州客家恳亲大会，会后，他带我们乘飞机去东马来西亚的沙巴和古晋，探访那里的会馆和父老乡亲。

其实，20世纪80年代初，大陆改革开放后，我叔父就经常回家乡，回东莞。只不过我那时在部队，所以他不知道我这个侄子罢了。直到有一次，何忠部长和市侨联的领导一起去了马来西亚，拜访雪俄兰东安同乡会。闲谈中，他才知道我这个侄儿，并且是在市机关工作。

此后，他每次回东莞家乡，一般都找我。我有个时候甚至成了统战部和侨办侨联。侨办侨联的领导对我也挺客气，每次宴请叔父，也叫我参加。

与叔父接触、交往的机会多了，也略知叔父的一些经历。叔父6岁丧父，上有一个姐姐，下有一个弟弟，是母亲一手把他们三个带大的。那时，华人在南洋谋生，个个都很苦。叔父从小聪慧勤快，最早在马六甲做学徒工——修车，慢慢地学会了一门手艺，也有了点文化。后来，到了吉隆坡，有了积蓄，自己开了家"李马吉烧焊"汽车修配店。我认识他时，他5个儿女（三男两女）已全部成家，且有自己的事业。叔父说，我如今六十多了，再也不干了，留给后生仔去干吧！我趁现在行得走得，多点游山玩水，多点回大陆。他把汽修店交给小儿子打理，自己和婶母在马来西亚各洲到处逛，时间多的，就回大陆。

我叔父热爱家乡，热心同乡会工作。任职期间，他多次组织东莞和宝安籍华人回家乡观光、考察、寻根、问祖。其中规模最大的一次，是在1994年7月。当时，正是荔枝成熟的季节，市政府邀请他带东安同乡会的乡亲回来吃荔枝，叙乡情。结果，他组织了几百号人回来，有男有女，有老有少，轰动整个东莞。

平时，也有三五个、七八个的。只要朋友乐意，有时间，他就带他们回来，或观光、或考察、或寻根。他有个朋友叫张思明，祖籍凤岗，从没回过家乡，也不知家乡还有哪些亲人。结果，第一次跟他回来后，我和市侨联主席蔡玉维，在凤岗镇侨办的帮助下，帮张思明找到了亲人。

叔父不仅自己热爱家乡，还教育自己儿女、孙子、亲戚热爱家乡，不要忘记祖国这条根。他的子女、亲戚都会讲家乡话。孙子读小学时也要进华文学校，讲广州话。每次回来，子女或亲戚"得闲"的，他就会带上，让他们认识家乡，知道家乡。他家三姐弟：一个姐姐（姐姐与姐夫早已过世），一个弟弟，十多年来，他5个儿女全部回过家乡，7个外甥及外甥媳外甥婿也回过家乡。有不少还是多次回来过。

叔父读书不多，但他喜欢音乐，喜欢粤剧，加上声音宏亮，音质优美，故此唱粤曲有一手。他在东安会馆兼音乐主任，还是吉隆坡新声音乐社社长。我婶母是"花旦"出身。故此，平时在吉隆坡东安会馆，每周必有一晚的聚会。或交流，或排练，或演出。我去吉隆坡，有两次看过他的演出。

由于爱好粤剧，他回家乡更喜欢找同行的人谈粤曲、开"戏局"。为此，我和我朋友曾组织和联系过麻涌、望牛墩、道滘、高埗洗沙等曲艺社让他同台演出，切磋艺术、交流心得。每次回家乡在东莞小住几天后，他也必到广州、深圳、香港等地，找戏剧界的朋友聚旧。在广州带一两把高胡回吉隆坡。他还多次参加广州的文化艺术节，并且登台演出，展示马来西亚华人的风采。那年，他与广东粤剧名伶黎惠英同台演出，两人的"高大形象"照片，登上了《羊城晚报》头版新闻。

叔父前几年就已不在了。之前，他身体不错，精神饱满。但自从婶母走后（婶母的身材健硕，看不出有什么毛病。婶母有一次与朋友喝早茶，突然感到头晕，送到医院已昏迷不醒。经检查发现脑血管有个瘤。医生说不动手术可成植物人，但动手术只有百分之一的希望。家人权衡再三，同意动手术，结果引发并发症，走得太突然），他的身体每况愈下。先是脚累，后是哮喘，上不了几级楼梯都要气喘。几次说回家乡看看都不行，最后住进医院。生命弥留之际，跟家人说一定要我过去。我和妻到吉隆坡医院探他，他倒来精神，情绪激动了一阵。我看到，叔父明显瘦了，身体小了。在吉隆坡头尾五天，每天看他两次。第五天，我和妻子要走了，到医院跟他道别后，我和妻就到机场乘飞机返回了。回到家，他儿子阿㷆打来电话，说我在飞机上时，他就安祥地走了。那是 2006 年 8 月 3 日。

叔父离我而去虽然好些年头了，但他的为人处事，他对家乡的眷念，对朋友的热心，以至于他的音容笑貌，却常常在我脑海中显现。

2012 年 6 月 10 日

表哥阿强

他真名廖炯光，据说是他阿爷给起的名。但所有的亲戚朋友都叫他阿强，几乎没人知道他的正名。

他是我叔父李汉明的外甥，比我大几岁。故此我叫他表哥。

第一次认识阿强，是在 1994 年 7 月。那年，叔父作为东安同乡会恳亲团团长，带领几百号人到东莞啖荔枝、叙亲情，他就在其中。但因时间短，翌日他要回高埗洗沙（他父亲的祖籍）寻根，我要带叔父回老家洪屋涡，下午他们恳亲团又要赶去深圳，因而只是见过面而没有留下什么印象。2000 年，我全家去马来西亚过年，他请我们吃"捞生"，饭后又请我们到他妹妹家看福建人"拜天公"。这样，才有了真正的接触和交流。

听汉明叔父介绍，说这个外甥不错，在新加坡开了家修船公司，专门修理大货轮，生意火红。很有些"行当"。

表哥身材不高，脸圆额宽，跟我在大陆的亲叔父和亲表哥的相貌十分相似。接触多了，交流多了，我也知道了表哥的一些经历。

表哥下面有 4 个弟弟，4 个妹妹。由于弟妹太多，母亲早死，加上他是最大的，所以他的少年生活并不好过。但他聪慧、勤奋、好学。边打工边读书，最后靠助学金奖学金，取得英国的电气工程和造船工程两个专业的硕士学位。70 年代起在新加坡帮人修船，80 年代起自己开公司。1995 年，我与镇里的二十多人去新加坡和马来西亚旅游，游完新加坡后要过吉隆坡。我打电话给他，他说在新加坡和马来西亚交界处请我们吃饭。到达那酒店时，表哥早在那里等候了。当时，我书记是个酒鬼，最喜欢喝的是轩尼诗。入席后，我看到酒席上只准备红酒，连忙让表哥叫服务员拿几瓶轩尼诗上来。酒席上，我书记喝多少，他也喝多少。四五两一杯的洋酒就这样一两口全干完，饭桌上美味可口的佳肴来不及夹上几口。我劝他不要喝太多，到时醉了不好。他说没事，"我是这个酒店的会员。上面有房间，醉了，在上面休息吧！"大家酒足饭饱后，向他告辞。他跟跄着，坚持跟我们出来。道别后，硬是开着自己的奔驰，一溜烟地不见了。

表哥为人豪气，大方。尤其是对自己的弟妹，有需要的就帮，诸如供书教学什么的。他说，多读些书，有知识有文化，就是打工也不会是苦工累工。他的一子二女，都是留学生。大女儿在澳洲留学，小女在加拿大留学，为的就是让子女的生活过得好。2007年12月，大女儿结婚，他专门在双子塔旁的电视塔旋转餐厅摆了几席，邀请亲戚参加。我和妻子也乘飞机过去了，顺便去东马的沙巴和古晋旅游。

2005年底，表哥新加坡的一个朋友在大陆靠近扬州的长江边一个什么地方造船，让表哥帮忙打理。2006年春节前，表哥没有回去过年的意思。考虑到他初来乍到，人生地不熟，放假几天会寂寞，我便和妻乘飞机到南京再坐车到扬州，与他在扬州一起过年。当时，我那边也有朋友。在朋友的帮助下，我们春节期间游瘦西湖，去盐城游九龙口，上连云港看花果山，玩得倒也开心。不久，他到广州看设备，抽空到东莞看我。除在东莞住一晚外，我还带他上罗浮山住了一晚。

此后，他利用回吉隆坡接妻子在扬州小住的机会，带表嫂也来过一次。

表哥原来说帮朋友在大陆干一两年。想不到做船生意这样好，一干就是几年。并且跟这个朋友干了，还有别的朋友叫干。这几年，他在扬州干过，在江阴干过，在韩国釜山也干过。前年底，他刚到釜山不久，就给我来电话诉苦。一说韩国没什么东西好吃，二说韩国物价贵，一碗面条要几十美元。"挨死了。"他这样对我说。我安慰他，早干完多抽点时间过来玩吧！然而他总是忙。船装完一艘又接着一艘，真正少有时间休息。

最近，他跟"师头"（即老板）到广州看设备。陪"师头"在广州住了两晚，第三天送走"师头"后，才挤时间来东莞与我小聚。我想他多住几晚，他说，不啦，有时间再住吧！我回去有很多事，忙得很。

闲谈中，他告诉我，现在又在扬州。又一家造船公司的老板让他帮忙。这样想来，表哥在大陆这边帮忙有七个年头了。我说，哪有这么多船要装？

表哥说，现在这家公司造的是油轮，也是水上加油站，是专门为海上的轮船加油的。装完这艘，"师头"说还要装5艘。

陪同表哥一块来的还有广州那家为表哥造船公司提供船舵的一个师傅。姓谢，79岁了，但精神很好，身体硬朗。表哥说他行山可以行3个小时。我说，比后生仔还厉害。

晚上吃饭，我特意把我原来的书记（现已退休）和一战友叫来，与表哥一同喝酒。一瓶2斤装的蓝带马爹利，3个人（谢师傅只喝一点点，不算他在内）很快就喝光了。我正想加一瓶7两装的，战友和书记说：够了，不要了。

第二天早餐后，我约表哥到我原来办公的地方饮茶，"吹水"。我见表哥一个人来，忙问谢师傅呢？表哥回答，他不来了，说在房间里看看书。

闲聊中，表哥谈的最多的是子女，是亲戚，是亲情。从他的闲谈中，我大概知道了如下情况。

表哥事业最高峰时，有两家公司（一家在新加坡修船，一家在新加坡与马来西亚接壤的地方卖船的配件）、有6处房产（其中双子塔内有一套）。2001年11月我去吉隆坡参加世界第四届惠州客家恳亲会时，还知道他让儿子经营 2 家卡拉 OK 歌舞厅和酒吧。他乐于助人，为人豪爽。他看到一弟弟无什么好做的，就叫那弟弟到卖零配件的公司帮忙，并在注册的公司上加上弟弟的名字。还以公司名义，买了部小车给他用。对于哥哥的恩典，做弟弟的应感之不尽，但弟媳不是这样想。她看到同在公司里干的我表哥一朋友用的小车写的是朋友的名，并且比他老公的车高档一点，就怂恿老公让车子也要写上他的名字。我表哥不肯，说是公司的车，怎么要写上你的名呢，你有车用不就行了？"他老婆挺厉害的！"表哥说。可能在老婆的作用下吧，那弟弟通过公司管账的人，知道公司共有多少资产，便一纸告到法院，要求"分煲"，好自己分一半资产。表哥收到法院传票，咨询了许多律师。没办法，马来西亚的法律就是这样。结果，他被那弟弟白白分割了一大笔钱和一部车子。

表哥说，个别妹妹也伸手向他要钱。他有个妹妹是做车行的，有一次向他借 10 万元急需周转，说好一个星期内还。一星期后，见没还，表哥去催，说没有。再去催，还说没有。第三次去要，她哭起来了。女人一哭，男的心软了。

后来，新加坡那边的公司有一千多万收不回来，表哥就没有昔日的风光了。不但没风光，还要还银行的债务。他上奔下跳，四处筹钱，但弟妹们无一人帮他。不得已，他卖掉了 4 处房产来偿还银行的债务。他的房产，多数以老婆子女的名义买下。在想卖掉第 5 处房产时，要让小女签名，但小女说妈不同意。小女在加拿大留学，表哥为她买了栋别墅，毕业后在加拿大定居。她在一家银行做投资顾问，表哥说她有独立的办公室，干得不错。吉隆坡以她名义买的房子她根本不需要，但她说妈不同意卖。表哥说，你从小我供你们读书，供你们留学，在外国又为你们买房，现在老窦有困难，你们不帮忙？小女说，你培养我到今天，我很感激。但妈说房产不能卖。

原来，这些年，表哥为了生活，整天奔波，对妻子照顾少，加上妻子没文化，轻易信鬼婆，说表哥在外有女子，有相好。同时，大女儿因有次看到某楼盘不错，提出要表哥买一套给她。表哥不买，她也将此事熟记在心，协助母亲攻击父亲的不是。说父亲平时这么多钱，要不是养女人，钱哪里去了？她的老公还请来私家侦探，跟踪和寻找表哥的蛛丝马迹。十多年前，公司有一员工通过银行贷款供楼，让我表哥帮忙签名担保。当时，那员工贷款用的是妻子的名。结果，这一事情被女婿通过私家侦探打听到，说可以证明表哥有女人，便如临大敌找到女方，直到那员工说这个是我老婆，你们想干啥才知道搞错。但大女儿不甘心，耿耿于怀说父亲没有给她买房，怂恿母亲跟父亲离婚。

我说，你大女儿早已成家了，还要你拿钱给她买房？

表哥说：是啊！并且她自己现在有3处房产。

"我去年回去，老婆就说要离婚了。说那2处房产，以儿子名义买的那处给儿子，以小女名义买的那处要和我对半分。我说，又不是我提出离婚。你提出离婚，还要争财产？每次一见面就吵就闹。今年春节回去，我住在一弟弟家里了。"表哥说。

表哥还告诉我，不仅表嫂和女儿这样，儿子也给他脸色。去年回家住了两个月，儿子有天拿出电费单，说这个月空调用的多，要他交钱。他一看，才一百多元。就对儿子说，这个钱你是不是交不起？交不起的，你搬出去住。我这个地方租给别人住好了。

表哥为人处事这么好，到头来却好似众叛亲离。我说，你经历这样坎坷，教训这样深刻，当好好牢记。对谁，都不能太好了。"人心隔肚皮"，是很难预料的，包括子女，包括亲人。你全部给了他，他也不一定会说你好的。还是留点积蓄，留点后路，到自己不能干事了，好让自己衣食无忧，好好安度晚年吧！又说，好在你这六七年在大陆帮朋友打工，积攒了一些钱。不然，你可能更惨了。

表哥连连点头说是。

说归说，我发现表哥还是一如既往地惦记着弟妹，惦记着家人。因为他每次有弟妹回东莞，都给我打电话，让我提供方便。这也许真的是"江山易改，秉性难移"了……

2012 年 7 月 14 日

战友同事罗小平

罗小平不仅是我的战友，还是我的同事，与我共事多年。

他与我同一年入伍。在连队三个月后，也几乎同一时间调到营报道组。在连队时，他在五连，我在四连。虽然同在一个营，但彼此并不认识。直到一同进报道组后，我俩才相识起来。当时，与我和罗小平进报道组的，还有一个河南平顶山的叫王亚平。报道组原来有三个人，一个是1973年入伍的，当组长。另两个比我们早一年入伍。

罗小平广东兴宁水口人。年龄小我一二岁。他皮肤稍白、细嫩。圆圆的脸上，长有一对小眉毛，小眼睛，一个小鼻子和嘴。他个头不高，穿四号的军装还显得宽和长，裤脚要常常折上一二道。满口客家口音。经常好似眯缝着眼睛，显得活泼可爱。刚到报道组时，组长给我们的任务是练字和翻看旧报纸。练字，主要是练写正楷字。一笔一画，用力、工整、端正，还要放上复写纸，五六页下来，要求每页都复写到清楚。我的正楷字写的不错，就是那个时期练就的。翻看旧报纸，就是翻看报道组历年所装订起来的《战士报》、《解放军报》和《人民日报》。看各种各样文章的写法和体裁，尤其是消息、通讯、小故事、散文和诗歌等，掌握各类文体的表现手法。

有时帮组长复写一些稿件。

当时，部队在牛田洋搞生产，连队住的一般都是用竹篾搭成的竹棚。到了营部，营部也只有一栋二层楼的每层不到一百平方米的水泥结构房子。房子二楼，是几个营首长的卧室兼办公室。一楼是厨房和饭堂。其余的卫生所呀通讯班呀等等全都是竹棚。他们住在营首长周围，旁边是一个地方百姓用来排涝的水闸。我们报道组是在水闸的东面，离营部不到十分钟。一二个星期后，我们就下连队采访，学写报道了。

那时，师里团里也没办什么写作培训班，组长和那两个老一点的同志也从没给我们讲授写作知识和经验，也不同我们分析解剖报纸上的一些好文章、好报道。全凭我们自己学习、练习和摸索。因此我们非常自觉，不敢怠慢自己，常常读书看报到晚上十点或十一点（营部晚上 8 点半吹熄灯号）。

罗小平也是这样。但他老乡多，师里团里不仅有他同一年入伍的老乡，还有早他几年入伍当了干部的老乡，不像东莞那样，整个五十五军就得我们 1976 年的东莞兵。因此，他星期天一般找老乡的多。他还有个老乡在《汕头日报》工作。有时到汕头市送稿件，他也会去探望。我们报道组的营房旁，大堤上，常常看到他身着军装，肩挎挂包的身影。半年后，我们几个新同志写的稿件先后见了报。

在报道组，工作虽然动脑，压力较大，但我们注意劳逸结合，放松一下自己。报道组大堤外面，我们有几分菜地，每天下午四五点钟，我们就会来到菜地，为菜地浇水、拔草或施肥，放松一下脑筋。罗小平个头虽小，但劳动不甘落后，常常争着到营部挑些粪水过来。晚饭后，我们沿大堤散步，边散步，边闲谈，边看大田景色。炎炎夏日的晚上，我们也会拿把椅子，坐在大堤上乘一会儿凉。

从平时的闲谈中，我知道罗小平的父亲在家乡水口任公社党委副书记。他家里除父母外，上有一个姐，下有七个妹，就他一个男孩。姐在海南岛白沙农场工作。有一次，他父母亲带着一个最小的妹妹来部队探望他，我见到过。他父亲四十多岁，个头适中，一副干部模样。

　　也可能是姐妹多的原因吧，他虽然出身干部家庭，但生活像我们一样朴素、平凡，所有的穿着和生活用品，都是用部队发的东西，连衬衫，也是部队发的白布衬衫，没见他穿过一件的确良。有时，袜子破了，他也会打上补丁。生活平平淡淡，完全没有干部子女的优越感。他有一面心爱的镜子，常常揣在口袋里。

　　1977年，那两位老兵回连队，报道组只剩下组长和我们三人。春节期间，因组长写了一组假报道，登在军区的《战士报》上，造成了很坏的影响，受到组织处理，这样，报道组就只有我们同期进来的三人。教导员让我当组长，我接受了任务，就接替了组长的位置了。我们认真吸取前组长的教训，求真务实，写稿再也不敢"想当然"，也不敢随意夸大或拔高了。在悼念周恩来总理逝世三周年之际，我以"李斌"为笔名、罗小平以"罗武"为笔名，写了首小诗，一同登在《战士报》上。我写的诗是"遥望江河忆恩人／凝视大地想尊亲／战士怀念周总理／日日夜夜挂在心。"罗小平的诗是"总理遗愿记心中／披荆斩棘往前冲／紧跟领袖华主席／全心全意为人民。"

　　1978年初，《解放军报》要搞十个"应该不应该"教育典型事例分析一百例。看到这个消息后，我们也抱着试一试的念头。但写什么好呢？在下连队调查了解的过程中，我们恰巧发现五连党支部针对个别战士爱把平时关心爱护干部的战士说成"拍马屁"、"巴结"、"讨好领导"的模糊认识，进行一次"十个应该不应该"的讨论，收到了较好的效果。我们认为这件事有意义，有普遍性，应该反映给报社。于是，我们三人一齐研究，一齐动手采写。很快，一组以《这样做是"拍马屁"吗？》为题的讨论式稿件写好了。我们还写了封"给编辑同志的信"作为这件事情的来龙去脉，一同寄给《战士报》和《解放军报》。2月15日，《解放军报》在第二版"十个应该不应该"教育典型事例分析的通栏横标下，除文章的大标题改为《爱护干部与"巴结"领导的界限要划清》外，4篇稿件全部照登，整整占了四分之三的版面，在军师团引起强烈反响。要知道，一个营报道组，战士级水平，写的稿件能上《解放军报》是不容易的，更何况是一大版的版面呢？教导员当场说年底给我个人记三等功。当晚，我们三人找来米酒，在菜地里摘些青菜和辣椒，连同在饭堂打的饭菜，在报道组里一齐庆祝一番呢。

后来，我以报道组三个人的名义，将这组稿的起因和采写过程写了篇写作体会，刊登在《战士报》内部通讯上。上半年，军召开新闻报道工作会议，我被邀请参加，并在会上介绍了经验。

下半年，越南当局不断在我国边疆制造流血事件，激起了我国军民的极大愤慨。年底，我们整个五十五军奉命开到广西前线。开赴前，报道组解散，我们三人都被分到连队当文书。我到五连，罗小平到六连，那位河南籍的到机枪连。到广西后，我们营都驻扎在宁明县，我五连驻一个小学里面，六连和机枪连驻附近的一个村庄。当时，由于部队要扩编，要配装备，要补充兵员，所以当文书的都很忙，常常上午到营里领一批装备或人员回来，而下午或第二天要送回去，说搞错了，要重新调整。军事实力每周变化几次，连队的花名册不知搞了多少回。因此，下到连队后，我们三人见面的机会很少，我印象中可能只有一两次。

扩完编，补充完兵员，配备齐装备后，连队经过临战训练、模拟实战训练后，部队就开往边境了。当时，我连队驻扎在 32 号界碑待命。由于山高路陡，不知罗小平的连队驻扎在哪个地方。

我们驻守在边界，天天都在待命。闲时，我也会到各个班排走走（各班排和连部都各自住帐篷，相距近百米的距离），有时也会越过边界，伏在最高处，窥视越南军队的动静。打仗，是会流血牺牲的，我们心里已有这种准备。我当时想，自己死了不足惜，遗憾的是对不起父母，因为父母养育自己二十多年，而自己却没给他们带来什么。

在边界驻守十来天，2 月 17 日清晨 6 时 25 分，炮声隆隆，火光冲天，中越自卫还击战打响了。只见我方各种各样的炮火向越军阵地一齐喧泄，爆炸声震耳欲聋。待炮火持续 20 来分钟停下来后，我们步兵就出发了。当时，我连队攻打一个叫探隆以北的山头，这山头有4个高地，分别叫一二三四号高地，而四号高地是制高点。驻守该山头的越军是一个加强排。我们快速前进到一号高地前，就与越军开火了。越军倚仗居高临下的地形，用"六〇炮"、火箭筒、重机枪等兵器向我们拼命开火，直打得我们伏在山坡里，不敢轻易抬头。我跟随着指导员（战时文书的职责有三个：跟指导员一起做宣传鼓动；为班排补充弹药和统计伤亡人员），指导员走到哪，我就跟到哪。半个小时过去了，我们还没有靠前。连长请求后方炮火支援，但通讯时断时续。没办法，连长只好叫副连长带一个尖刀排穿插过去，以引开和钳制敌人的炮火，好让正面这边主攻排进攻。

就这样，战斗进行得十分激烈。我们边前进边还击，逐个高地逐个高地突破，足足打了大半天。待到攻克四号高地时，已是下午4时多了。我们简单地清理和打扫了一下战场，就驻守在四号高地上，以防越军反攻。

那天的进攻，我原来所在的四连，在我五连的左翼，但六连不知在哪个位置。傍晚时分，我听东莞老乡说，四连的老乡蔡汉庭在战斗中被越军的炮弹击中头部，当场牺牲。而我连队当日的战斗，除打穿插的副连长牺牲外，还有十六七人受伤，被抬下火线，包括主攻排排长羊才良（他后来被中央军委授予"全国战斗英雄"荣誉称号）。

没有罗小平的消息，证明他"还活着"。

"你还活着？"第一日战斗后，"你还活着"成为我们战场上见面的问候语。只要是战前认识的，也不管是同乡还是战友，彼此见到面，就会互相说"你还活着？"

第一阶段战斗后，我们开始向纵深挺进。步兵连队全部靠步行。身上的装备，除步枪或冲锋枪外，还有背包、子弹、手榴弹、砍刀、小铲、镐头、防毒面具以及战备盆、压缩饼干等，少说也有三四十斤。行累了，休息一会继续行。到目的地后又马上要挖猫耳洞，好夜间休息和睡觉。行进间，有时也遭遇越军的炮火，也有个别的人员伤亡。在行进时，我五连就曾遭遇过两次越军的袭击：一次是在 4 号公路上，被扣当山上越军炮火轰炸，公路上被炸死不少耕牛；另一次是在一条山沟里，被山上的越军发现，"突！突！突！"一阵机枪扫射过来，打得我们趴在水沟里，当场受伤了 3 名战士。我想，这次好在越军开枪早，不然，等到我们全部进入他们的视线和范围再开火，那我们可能都"光荣"了。

在公路上，每天行进，我们都看到有不少伤员被担架抬下来。我想，不知哪一天临到我们了。当时，我五连正向谅山方向挺进，以便第二阶段攻打位于谅山以东的"四六一"高地，为后继部队进攻谅山扫除障碍。

2 月 29 日早上，我听到消息，说六连昨日攻打扣当山，碰到越军的雷区。什么跳雷呀、连环雷呀的，地上有，树上也有，伤亡很大，其中有个排长为排雷牺牲了。听到这消息，我当时就为罗小平的安全担心。要知道，进入雷区是非常危险的。我连队几次行进与敌人遭遇而没有碰上雷区，算是幸运。况且，昨晚一夜大雨，天气寒冷，一些伤员不知能否及时运送下来。

3 月 1 日上午 9 时半，我五连攻打"四六一"高地的战斗打响了。"四六一"高地位于谅山市以东 4 公里，由大小十来个无名高地组成防御阵地。它是谅山东面最后一道屏障，越军第三师第 101 团团部又一个营的兵力在这里扼守。这一带地域山高林密，野草丛生。毒竹签、铁蒺藜堵塞着路口。各无名高地上"A"字型掩体和明暗火力点像魔鬼的眼睛，俯视着通往谅山的公路，组成交叉火力封锁。经过 6 个小时的激烈战斗，我五连以牺牲数人（据后来统计，二仗共牺牲 8 人），负伤十五六人的代价，终于拿下了"四六一"高地，打开了谅山的东大门，为后继部队进攻谅山扫除了障碍（战后我连队被广州军区授予"四六一高地英雄连" 荣誉称号）。

战斗结束后，我们就驻守在"四六一"高地上。一天，我见到营部通讯班长叶茂春（他是罗小平的同乡），问起他罗小平的情况。果然，罗小平就是在 2 月 28 日连队攻打扣当山的战斗中负了重伤，因抢救不及时而牺牲了。

部队撤回广西边界后，我连队驻扎在离 32 号界碑有五六公里远的北山。北山下面有东、西两个山坡，专门埋葬我方牺牲的同志。一天，我专程来到这里，寻找罗小平的墓地。寻到后，我伫立在罗小平的墓前，摘下军帽，垂下头向他默哀。完后，还在他墓前撒了一把泥土。

光阴似箭，日月如梭。转业回到地方后，特别是在后期，我经常思念昔日的战友，思念长眠在北山的英雄。罗小平的名字和音容相貌自然而然会更加记起。我曾有过心愿，有机会一定去兴宁水口寻找罗小平的家人，特别是他的父母亲。现在暂时抽不出时间，退休后也会去的。

在纪念建军节到来之际，写下这些文字，算是对罗小平战友和同事的追忆。

2012 年 7 日 19 日

老朋友伊始

我有好多老朋友。但要么不是中途失去联系，就是见面的机会太少，以致逐渐生疏。有时也偶尔通个电话，但也不是每年都有。唯有伊始，年年都有联系，年年都有来往。

认识伊始，是在 1992 年。那年，部里要拍太平自来水厂厂长兼党支部书记谭灿辉的电教片。时任副部长的老傅，不知通过哪个部门找来伊始帮忙。那天，副部长把我叫到办公室，对着一个留着披肩发（还没到肩，但长及耳根了），满嘴胡须的陌生人向我介绍道：给你找了个大作家，这回得拍部出色的片子了。

多年来，部里就我一人负责《广东支部生活》通讯和电化教育工作，还要撰写党建的典型材料以及经验总结。电化教育要设备没设备，要人才没人才。每年拍一两部片子，还是我和市电视台合作的产物（我撰稿，电视台负责拍摄、制作）。这次，副部长找来了一大作家帮忙，哪有不乐意的？趁着寒暄、握手的当儿，我迅速打量了一下伊始，高个子，瘦身材，腰长、手长、脚长、腿长。那头披肩发和大胡子，俨然像大师一样，很有风度，也很威严。

和伊始一起来的，还有诗人郭玉山和省电视台一栏目的制作人。

翌日，吃过早餐后，我就带着他们去太平自来水厂采访了，同去的，还有市电视台的一位摄像同志，共 5 人。

我们白天在太平水厂采访、摄像，晚上则回到招待所谈思路，谈构想。因为以大师们为主，我很少参加，只是负责跑跑腿。

发现伊始能喝酒，也是在这次的接触中。期间，一直与太平自来水厂有交往的澳门自来水公司邀请太平自来水厂参加一个技术展示会，太平自来水厂便让我们5个人也前往，顺便拍些镜头。在澳门参加完澳门自来水公司的活动后，我们5人留下来多住几天。由于没有任务，每天比较轻松，加上澳门的物价不贵，每顿饭，我就叫服务员要一瓶7两装的金牌马爹利或长颈。除给郭玉山一两半两外，其他两人不喝酒，我就和伊始对酌起来。每人3两左右，不多也不少。每顿如此，非常痛快，非常惬意。

此外，在澳门期间，我发现伊始和郭玉山一有空就往葡京赌场跑。而我对赌钱不感兴趣，也没这么多钱去赌。头一次与他们一同去过后，以后任由他们自己去了。想必他们每次去也没有赢钱。如果有，必定会请客的。

这次拍完片子后，翌年的下半年，我被调到高埗镇工作了。虽然转换了工作岗位和环境，但我们还保持着联系。此时，伊始是省作家协会的副主席、文学院院长，还负责《星报》的策划和发行，工作较忙较累的了。而他每次下深圳，去虎门，甚至东莞，必抽空到高埗与我相聚。甚至带随行的人一起来。这期间，我见过陈国凯、吕雷、伊妮等，就是伊始带他们来的。可惜的是伊始带他们来（也包括他自己）从没在高埗过过夜（无论多晚也要回广州），致使高埗在他们的印象中没能留下多少。不然，高埗的知名度可能会更大。

最使伊始对我印象深刻的是每年10月的"三禾宴"季节——禾虫、禾花雀、禾花鲤。每年10月初，当禾花雀大旺之时，我都会打电话给他、邀请他来食禾花雀（恕我直言，禾花雀是一种候鸟。每年晚稻灌浆时，它会从北方飞到南方，停留约半个月，吃刚刚灌浆成米的稻穗。有人说，按国际公约这种鸟要保护，不能捕捉以食之。而传说中，这种鸟是由西伯利亚大海里的鱼冲上陆地变成的。它成千上万，密密麻麻，布满天空。况且，它们没有老嫩，全是一样的肉质，一样的骨地。没有产蛋，也不见怀有蛋。我在动物世界、动物天地中也从来没有看到过介绍这种鸟的片子，你不捕食之，让它自消自灭，岂不可惜？然而，公约签订后，人们再不敢随便捕食了。我这里记述的只不过是以前的事了）他都会欣然接受。他说，我在三水食过不少禾花雀，烹调的品种也多，如蒸、炸、焗、炆、煲饭等，但始终没有你这边的风味和好食。多年来，我带他去洪梅食过、去望牛墩食过，去道滘食过、去麻涌食过。而每一次，他都食得津津有味，乐此不疲。记得有一次，我请他在道滘冠华酒楼（老字号）食。席间上了禾虫、禾花雀和禾花鲤等，然后喝酒。同去的有小伙子姚中才，酒到半酣时，姚写了首小诗，全诗早已忘了，只记得第三句："人生难逢三禾宴"。为了凑数，我现在补上下句："唯有东莞水乡来"。

　　与伊始一起喝酒，无论洋酒、曲酒，还是米酒，他都入乡随俗，客从主便。从没说我喜欢某某酒，要喝某某酒！这也许是我喜欢和他交往的原因。记得有一次，镇里举行龙舟比赛，我邀请他来观看。他携太太与《星报》的同仁一起过来。比赛前食龙船饭，他照样大大咧咧吃一两碗。龙舟比赛结束后，镇府做了二三十席饭菜，摆在镇府饭堂前面的地塘上。当时，镇府条件并不好，每张八仙桌旁，是4张长条凳，不是今天酒楼看到的椅子。喝的也是广东米酒。但伊始和太太跟我们一样，大块吃肉，大碗喝酒，吃得津津有味，满头大汗也不在乎。

　　伊始和太太一齐在海南生产建设兵团当过知青，1977年全国恢复高考又双双考上大学，同过甘共过苦，夫妻感情甚笃。大学毕业后，他在省作协工作，太太在省档案局工作。他太太姓刘名坤仪，《星报》的同仁都叫她刘老师，故每次见面我也叫刘老师。刘老师告诉我，伊始之所以叫"伊始"，是因为他当时在生产建设兵团一师。伊始是笔杆子，写文章时便用"一师"的谐音——"伊始"，直到现在。由于都当过知青，所以他太太对吃的东西也从不计较。伊始不但对吃的喝的不计较，不挑剔，而且从未说过要什么或给我点什么。不像某些人那样下到乡镇要找些"永久性的有纪念意义"的产品或东西。更不会说年尾时帮找些高埗特产——腊肠或"猪头皮"。他从来都是顺其自然，从不开口。印象中，只是他在肇庆鼎湖山"作家山庄"潜心写作创作时，我只带过两瓶蓝带马爹利去探望过他。现在回想起来觉得有点对不起他。我自己也不"识做"。但可能正因为如此，更增加我们的"君子之交淡如水"情怀，更增加我们之间的情谊。

去年下半年，我把八九十年代之前写的旧作整理成书，谓之《新坛旧酒》，想找个出版社出版。但不认识人，便试探性地给伊始打电话，叫他帮忙联系。他二话没说，专程从广州前来看书稿。趁他浏览书稿的当儿，我又试探地说，能不能为我写点序或什么的？他说，你不是有自序的吗？我是有个自序，但比较简单，只是说明为啥将旧作谓之《新坛旧酒》。除此之外，没有说其他什么。但我当时不敢吭声。因为人家是大作家，是省的作协副主席和文学院院长，能随便给一个名不见经传的人写序的吗？朋友归朋友，原则问题还是要保留的。

但没过两天，他给我来电话，说序写好了。向我要电子邮箱，说发过来给我修正。可怜我连电脑都不会用，只好告诉他我单位的邮箱。单位的同事收到后打印出来给我看，洋洋数千字，对我的《新坛旧酒》评价极高。这使我受宠若惊。我连忙把"后记"作了修改，加上了"万分感谢我的好朋友伊始，是他帮我联系出版，还不吝笔墨，熬夜三更，一气呵成写了序，为此书添色不少"的字句。是的，一个大作家，又是广东省作协副主席，能为我这个小字辈写上一二笔，是做梦也不敢想的事情。

新书出版后，我有次约伊始去南昆山度假。伊始说顺便带上新书送一本给他。小人物送书给大作家，怎样称呼好呢，这倒难倒了我。伊始说，你就写"伊始老兄"吧！于是，我恭恭敬敬地写上"伊始老兄雅正"，也不知是否妥当……

2012 年 8 月 1 日

老料新酿 · · · · · · · · · · · ·

铁匠跛豆豉

突然想起了跛豆豉。

他的真名实姓是什么，到现在我还不知道。也许没有多少人知道。因为大家从来没叫过他的真名实姓，只叫他"跛豆豉"或"阿豉"。

人们之所以叫他跛豆豉，可能一是因为他的脚有点跛（记不起是右脚还是左脚了），行路一拐一拐的；二是因为个子长得小，可能一米五左右，用"豆豉"来形容，可想而知了。

他不是我本村的人。因为他讲的话跟我们不一样，带广州口音，我们当时叫"省话"。

他与我同住"庙下坊"，但不是同一生产队。他住"庙前"，当时在大队供销社旁左边街巷一间破烂的泥砖屋，前面有块空的地塘。我家住在"桥下尾"，离他家有一里多。我们小时候去学校上课或去供销社买酱油什么的，都要经过他地塘前的那条路，所以天天可以见到那泥砖屋。

认识跛豆豉这个人，是在儿时。那时，"桥下尾"有大队办的船厂，而我家离船厂只有三四十米的距离，因而天天到船厂玩耍。那时，船厂的主要任务是负责修理各生产队损坏了的船艇、给学校做桌凳，以及修理各生产队的犁耙、禾桶、窦板等农具，有时还装新船。在船厂做工的，是各生产队的木匠，有 30 来人。他们在大队拿工分，属大队副业的一部分。跛豆豉可能是铁匠出身，他在船厂干的就是打铁。全船厂也只有他一个打铁的。他一般打的是铁钉（修船装船离不开铁钉，尤其是大头钉），偶尔也会修理些锄头铲耙什么的。儿时，我们经常在他的铁匠房玩耍，帮他拉拉风箱，铲铲煤什么的。也许他见我们是小孩，所以从没跟我们说话，也没给我们讲过什么（诸如身世呀经历呀。他的身世至今还是个谜）。他打铁时，右手拉风箱，左手拿铁钳。每拉动一下，脚必然向前迈出一步。而风箱抽回时，脚又必然收拢一步，像机械式似的。待到铁条烧红了，就停下风箱，用铁钳将烧红的铁条夹起来，放在铁砧上，右手举起铁锤锤打。边打边翻动着。铁条变成铁钉了，他举高钳子看了看，像欣赏艺术品似的，然后把打好的钉子放在一个盛有水的木盆里，这道工序叫做"淬火"，可以使铁器坚硬起来。

他一般打三种钉子。第一种是中间方两头尖的。这种钉子稍长些，它可以将木板与木板连接起来；第二种是一头方一头尖的。这种钉子便于在连接的木板侧面钉进去，并且钉进去后还要通过一把像铁条这样的工具打进去，使木板之间更牢固。钉子进入木板时，里面留有一个个的口子，这些口子最后用桐油灰封住；第三种钉子，就是大头钉了。它在第二种钉子的基础上，将没有尖端的那一头放在铁砧上，用铁锤一敲，就会敲出一个钩头来，成为大头钉。这种钉子，通常用来固定面上的木条木块。如果墙上要挂东西，一般也用这种钉子。

那时，船厂经常装船修船，需要的铁钉肯定不少。然而我见到他们极少到供销社买铁钉，倒见到他们买元钉（圆圆的，一头有个帽，家乡人称"洋钉"）。因为元钉要靠机器挤压出来的，不是靠铁锤打出来的。看来跛豆豉这个打铁佬对船厂的贡献是不少的。他倒也勤快，炎炎夏天，面对着火炉，我们看到他天天穿件背心，肩膀上搭条毛巾，脸上额头上出汗了，就用毛巾抹一下，继续干活。

后来，我上学读书。在上学或回家的路上，也经常碰到他。他走路一拐一拐的，显得有点吃力。我们小孩子不敢当面叫他化名，只有在背后叫他或学学他走路一拐一拐的怪样。

我们庙下坊原来有 10 个生产队。我家属庙十队。他家可能在庙六或庙七队。上世纪 60 年代末 70 年代初，生产队合并，我队与他队合并成同一个生产队，叫庙三生产队了。他家似乎有五口人，妻子和两个女儿一个儿子。长女小我几岁。妻子身材高挑，皮肤白皙，蛮漂亮的，也不知他用什么手段娶来的。

不过，我倒发现他是个多才多艺的人。那时，我们小朋友傍晚时分吃完晚饭后一般喜欢上街玩耍。而我每逢上街，必经过一大户人家。那大户人家，有间祖屋，祖屋厅堂较大，前面还有个地塘。我路过那里时，常常见有三五个人在玩粤曲，跛豆豉就在其中。他一般伴奏的多，扬琴、二胡、秦琴、竹琴都会，手提琴也拉得悲伤悠扬。还会掌板、打钵什么的，就感觉他是一个很有才华的人。我因听不懂唱粤曲的词儿，不知他们在唱啥，因而每次经过只是看了看就走开了，不懂得欣赏。一次，我正看到他在教人唱粤曲，这可是头一遭。于是，我找个地方坐下来，也跟着学唱（因为有一纸曲谱和曲词挂在墙上）。全曲早已忘记了，因为只学过一次，只记得什么"村前遇见小姑娘，走近未知何去晓，莫非树后暗躲藏？我始终能同你上战场，但目前年纪小，点可以握枪杆。今日我和你，把英雄古仔讲呀。要学刘胡兰意志坚强，她为中国革命，从斗争里成长……"

再后来，大队成立文艺宣传队，他被调到宣传队负责乐器、掌板和舞台方面等工作。宣传队后来排练革命现代粤剧《沙家滨》，舞台道具、布景、灯光、服装等东西，据说全部是靠跛豆豉的巧手自制的。如胡传魁、刁德一等国民党军服，是用麻包袋缝成的，只不过在染色时，有些染得深一些，有些染得浅一些罢了。我思忖，这为大队节约了多少开支啊！看来"人不可貌相，海水不可斗量"这句老话是十分正确的。也许是他多才多艺，才赢得妻子的芳心。

最使我敬佩的，是跛豆豉建房屋。也许是 70 年代初吧，他将那间破烂的泥砖屋拆掉,重新建了栋二层高的楼房,并且是红砖的。这在当时没有几家能建得起的。因为那个年代大家都没有钱。他家只有老婆和长女在干活,加上他自己才三个劳动力。而他因为脚跛又极少搞自留地,相信他不会有多少钱。我当时想,可能他有"香港客"(即香港有亲戚或海外有华侨)吧——那时如果有海外亲戚的,家里十分困难时写封信给他们,他们都会寄些钱和衣物什么的回来。故当时有"八分钱,好过做一年"的话语。"八分钱",即一张邮票的钱。

后来,我在公社中学读高中,只有星期六下午回来,第二天下午又要上路(那时交通不便,全靠步行,又要过几只渡船。光去道滘公社一趟,差不多3个小时),遇见跛豆豉的次数少了。

1974年,高中毕业后,我在生产队干了半年农活,后被抽到大队出公差,搞些宣传墙报什么的,后又调到学校教书。因我的理想不在农村,故第二年后,报名参军了。当时,父母亲舍不得我去,尤其是母亲。但我主意已决,母亲只好偷偷流泪了。

在部队9年,扛过枪,种过田,抓过笔,打过仗,转眼间,回到地方工作了。在地方工作,我也经常回家乡,但似乎没见过跛豆豉。

我曾问起昔日的同学:跛豆豉如今怎样?

同学说上莞城居住了。

我从没跟跛豆豉说过话,他也从没跟我说过话。我与他只是相遇时打打招呼,实际上形同"陌路人"。但正是这个"陌路人",却在我的脑海里挥之不去。现在,几十年光景过去了,我经历的人和事也多了,但不知为什么,我仍然想起他。

他可安在?

2013年2月4日

老友记阿祖

现在想来，与阿祖相识相知相处差不多20年了，真是老友记了。

那是1993年的下半年，我从市机关调到高埗镇委当副书记，阿祖好似在镇工交办任副主任什么的。他年纪跟我差不多，长得帅气、精神，加上勤快、醒目，给人印象挺好的。他告诉我，我跟你老战友梁玉光是老友啊！我当时奇怪，梁在物价局当副局长，你一个镇工交办的小小副主任，怎么会认识物价局的领导呢？后来，梁给我打电话，黎祖兴是我的老朋友啊！我才相信他说的话。

换届选举后，原镇城建办主任当上了党委，城建办缺个主任。年底，在研究部门领导调整时，我提议让阿祖接替城建办主任这个位置。

现在，阿祖在这个位置上一干也差不多20年了。其间，虽然换了5任镇委书记、4任镇长，但阿祖城建办主任的位置从来没动摇过。一次，我洪梅的一个同学来高埗吃饭。席间阿祖谈起自己的"威水史"，洪梅的同学说："你真是个不倒翁啊！"我听后连忙纠正道：不要这样说，你只能说阿祖"识做"、"聪明"。

阿祖确实"识做"、"聪明过人"。他告诉我，1976年，参加淡水工程（淡水工程在惠阳地区惠阳县淡水，当时东莞属惠阳地区管辖），东莞以公社为单位，组织民兵连，以便完成地区分给的工程任务。他当时高中毕业没多久，年纪也才20来岁，但他是高埗公社淡水工程段的连长（有位公社干部担任指导员，但那干部经常回家，实际上主要是阿祖管）。那时，工地到处红旗招展，广播声音飞扬，且天天要报进度。其他公社的人为了赶进度，没日没夜地干。而我们高埗的，却经常揾鱼虾，改善伙食，而进度又一直领先。其他公社的人不解。"你知道我用什么办法？那时，你知道客家人（惠阳淡水属客家人）缺乏粮食，我就给他们负责开推土机的人送粮票，然后叫他们帮我们加班。这样，用推土机推，用推土机挖，那进度不是比人手干更省力更有效更快吗？"

小小年纪，就有这个脑筋，你不得不佩服。

阿祖告诉我，他1974年高中毕业后，被调到公社搞宣传，且干得不错，经常受表扬。本来就这样一路上去的。但当时他所在大队的党支部书记说要用他，培养他，硬是把他拉回了大队。回到大队后，书记并没有培养和使用他，而是把他晾在一边。原抽调阿祖到公社搞宣传的干部觉得不对劲，半年后，恰巧碰上淡水工程需要人，便跟阿祖说：你还是出来吧，在大队是没什么奔头的。于是，阿祖便去了淡水工程，且还担任了公社驻淡水工程的正连长。

淡水工程完成后，阿祖在公社砖厂干过。改革开放不久，阿祖也在外资厂干过。然后在工交当统计员、材料员，乃至副主任，表现都不错。

他到城建办当主任后，我与他经常见面，但深入接触不多。只知他一如既往的勤快、肯干，尤其是待人接物方面。

2002年6月换届选举，因有人从中作梗，我这个党委副书记、纪委书记的"双料候选人"被"选"了下来。到环保分局任局长后，因同是单位负责人，开会什么的经常在一起，我才与他接触多了起来。

有年，他的主管领导与我的主管领导同去某地学习，这本来很平常。但他对我说：咱俩去看看他们好啊？我说这也要？他告诉我，要的，要的。于是，他不知从哪里找了个熟人，专程搭飞机一起去探望在某地学习的主管领导。

前些年，镇里创建全国卫生镇，各部门分成几个小组迎检。他与我分在同一组，负责环境保护这一块。以往检查考核什么的，我都是公事公办。而这次，他俨然像是组长似的，对我说，你给我些小费用就行了，其他事啥也不用你管。

请客送礼，我是门外汉，既不太懂，也不习惯。于是只好依他了。

检查环保工作的组长是一位已退休的专家。当天晚饭后，他带他去哪里我也不知道了。第二天检查一眼镜厂电镀车间的废水治理，完后给专家挑了几副眼镜。下午的评审会上，临到环保组发言。组长专家说：高埗蓝天白云；中心涌比东江水还清。我一脸疑惑，似乎听错。而阿祖暗自窃喜。

阿祖还跟我说过这样一件事：一次，上级来检查清理违章建筑和乱搭乱建的情况。汇报完后，就乘车沿途检查。为了让检查组的人员看得不太清楚，阿祖专门跟运输公司订了部高窗门低座位的大巴。这样，座位低，窗门高，你往外面看，能看到什么呢？阿祖得意地说，凡事不是没有办法的。

尽管阿祖聪明，能干，然而真正提携阿祖的领导不多。我来高埗之前，也许是80年代末90年代初吧，组织部曾有个政策：高中文化毕业、在管理区担任3年以上支部书记（主任），或以工代干的（包括在工厂搞行政的），可以转为合同制干部。当时，我知道有的镇转过两三批。被转的后来全部过渡为公务员，有的还当上了副镇长。而到高埗后，我发现一个也没有（后听说有一个，是当时组织委员家乡的人，但因违反计划生育而被取消）。要是领导关心和提携的，我想阿祖早早已是合同制干部了。阿祖说不知道这个政策。我想，可能是当时的组织委员或主要领导，将上级这个精神"贪污"了吧！

阿祖不仅不是干部，连职工也不是。虽然在城建办当主任十多年，但由于城建办没有干部和职工编制，他只能算是临时工。只不过前些年机构改革，镇里多了什么农技服务中心、外经服务中心、文广电服务中心、公用事业服务中心等机构，阿祖的职工编制才在其中的一个中心给予解决罢了。

然而，阿祖似乎从来没有看重这些。聪明一如既往，工作一如既往，勤奋一如既往，待人一如既往。3 年前，镇里来了个新书记，大刀阔斧抓建设，什么行政办事中心，什么振兴路改造，什么三塘路拓宽，什么莞潢路升级等等。其中行政办事中心从打第一根桩，到搬进去办公，除了一栋主楼十多层高外，还有三栋附楼，还有小公园，还有偌大的广场，前后时间不到 10 个月。为了工程的进度和质量，阿祖和城建办的同志起早贪黑，废寝忘食，也没多少怨言。

阿祖还是个体育爱好者，喜欢打乒乓球，喜欢游泳，喜欢行山，且运动量是常人的两倍。记得第一次，我们几家去罗浮山度假，住逍遥宫。逍遥宫内有个游泳池。入住后，我们几个在客厅里喝茶，而他说游泳。客厅离泳池很近，泳池有什么动静，我们在客厅里一般都能听到。但我们喝茶喝了半个多小时了，也听不到泳池有动静。我担心他有意外，便到外面看他。只见他戴着泳帽、泳镜，奋力在游蛙泳，并没有歇口气的意思。于是我返回了客厅，对大家说，这么长时间没有动静，我以为阿祖干啥，原来他还在游。当时，阿祖的太太细妹说：新哥，你放心，他每次一般游 1000 米的。

当晚，我们爬狮子峰。爬不到一半呢，已气喘吁吁了。而他像啥事都没有似的，一路领先。待到爬到山顶，我们已大汗淋漓。然而他不解劲，还要多上一圈。

前两年，新书记组织镇干部及各办公室人员登谢岗的银瓶山。银瓶山主峰 898 米，一般需三个多小时才上得去。然而阿祖和新书记等，用不到一半的时间就上去了。事后，阿祖对我说，我虽然有基础，有体力，但登银瓶山，我是做足"功课"的。天天不到 6 点起床，爬黄旗山（阿祖住黄旗山附近，后面有提及），坚持了半个月，认为行了，才敢上银瓶山。

又一年，新书记举行元旦迎春长跑，路程全长 13.14 公里。我比阿祖小一岁，不敢参加。而阿祖却积极报名，并且带领城建办的参赛选手，每晚下班后在市里的同沙公园、水濂山等地训练。结果，他又紧紧跟在新书记后面，跑完了全程。

最使我敬佩的，是阿祖的"出手"。他虽然不是公务员，不是什么大领导，但经济基础牢厚。有一年，他太太喜欢行黄旗山，天天早上要在黄旗山上行，而阿祖又要在高埗开车送她（他当时住在高埗），这样，难免有点不方便。一天，阿祖对太太说，既然你喜欢行黄旗山，不如在山下你喜欢的地方买个商品房啦！当时，黄旗山下最好的商品房是某花园。于是，阿祖就在某花园买了套单元给太太，以方便她行山。阿祖有两个儿子，看到某花园确实不错，也想住在父母周围。"一不做二不休"，阿祖二话没说，满足了两个儿子的要求。

我问阿祖，你他妈的一个小小的职工都不是，怎么有这么多"水头"？

他说，你不知道，我其实早就在跟别人合伙做生意了。你问我怎么认识梁玉光，我告诉你，我在工交办当统计员时，就有泵沙船。当时，由于资金问题，向梁玉光他们集资，每月利息十多二十厘，月月兑现，故此成了老朋友。到了今时今日，我如果靠那"鸡碎"般的工资，早就死紧了……

这小子，怪不得这么洒脱。人家说去哪里度假，他就去哪里度假，人家说去哪里旅游，他就去哪里旅游，且两个儿子都已成家，也不用他两公婆带孙子；在7个兄弟姐妹中，他是老大，也全听他的，你真不能不佩服他的本事……

2013 年 2 月 21 日

书记 "奥巴马"

他不姓"奥"，也不叫"巴马"。他姓李名柏林。之所以叫他做"奥巴马"，是因为他有次在全镇干部大会上突然说："有人叫我做'奥巴马'……"他不这样说我平时真的没留神。一说，我认真地打量了一下他，那额头、眼睛、鼻子，还有那微微往上翘的上嘴唇，加上皮肤有点黑，与奥巴马倒有几分相似。于是，顺他意也叫"奥巴马"了。

"奥巴马"是 2008 年下半年在道滘书记的位置上调来高埗任书记的。当时，高埗的交通网络还好，"四横四纵"将镇内三十多平方公里的面积全部连接起来，交通相对便利。但城市化建设较差。改革开放 30 年没有一个规模大的房地产项目，致使有钱的人都往市区或一河之隔的万江买房。尤其是镇府办公的地方，还是上世纪五六十年代的老地方，几任书记都想找地方建而建不成。还有村级经济较差等等。通过一段时间的座谈、了解，"奥巴马"知道这些情况后，决定从道路升级开始，提高城市化水平。他首先改造了镇内最繁华的振兴路。接着是高埗大道、高龙路、莞潢路、颐龙路，拓宽了三塘路。并要求供电部门与南方电网联系，对在三塘路上的高压电网重新布局，采取独立式高大塔架，架起了整个东莞都极少见的高压线电网，成为高埗一道独特亮丽的风景。同时，他要求高埗新医院加快建设（地块早就有的，只是报建什么手续上的问题），高埗水闸往大堤外重建等重点工程。并积极牵桥搭线，让有实力的房地产公司来高埗合作、投资，使一直闲置十多年的某公司地块建起了颐龙湾一期别墅和一期高层楼盘。

此外，他着手筹划建行政办事中心。原来行政办事中心用地定在邮电大楼旁，约40亩。后有村民嫌地价低，说石碣大王洲那地块卖给房地产开发商，几十万元一亩，你给我们这么少？"奥巴马"解释，我们是建行政办事中心，不是投资房地产，并且，我们配套个广场，那广场等于给你们村民平时休闲用。你们肯定也比我用的多，这样你们还不着数？但一些村民只认钱不认书记。没办法，他只好放弃。

后来，他看中了一个更好的地块：位于高龙路和莞潢路旁边，车流量不多，且这地块面积大。虽然有一些已被私人老板买下和建有一两家企业，但他用以地换地和适当补偿的方法，跟这些老板沟通。想干事又会干事且干成事的人，总是能得到人们支持的。这些老板看到他来高埗后高埗确实不一样，都同意了他的方案。结果，行政办事中心从打第一根桩开始，到政府人员搬进去办公，前后只用了10个月。这包括一栋十多层高的主楼，三栋附楼，一个小公园，一个偌大的广场和东北面的两条路。行政办事中心和新广场落成后，整个高埗镇又上了一个台阶……

与此同时，他狠抓干部队伍建设，教育大家要正视发展形势，勇于迎难而上。要求大家在其位谋其政，抓住机遇求发展，不要成为历史的罪人。强调目标意识、责任意识、工作意识、素质意识。他刚来高埗报到的那天，组织部的同志陪他来，我们各村书记主任，单位负责人被通知在城建办大会议室等候开会。当时，大家抽烟的抽烟，讲话的讲话，和平时准备开会一样。他和组织部的同志进入会场后，看到烟雾缭绕，乌烟瘴气，到他讲话时他毫不客气地说，希望以后不要见到这种情况。结果，以后不管开什么会议，在会议室里谁也不敢再吸烟了。

又如上下班。过去，有些人不自觉，上下班不是迟到就是早退。"奥巴马"调来后，他不知什么时候会突然来到你的办公室。如果你不在，够你喝一壶的了。

2009年，村两委干部换届后，"奥巴马"将"两委"干部拉到博罗县党校，进行封闭式培训一星期，由分管各线的镇领导班子和党校老师上课。这在高埗的历史上是没有的。同时，村"两委"通过这次培训，都得到了前所未有的提高……

"奥巴马"还十分关心和培养年轻干部，鼓励年轻人要勤奋工作和学习，在实践中增长才干。到高埗的次年春天，他带领镇机关和事业单位的年轻人去插秧，体会春耕的滋味；第二年，他又带领年轻人去野炊，将一些家禽放在洲田里，让大家去捉。捉到的有得食，捉不到的没得食。

平时，"奥巴马"喜欢登山，喜欢摄影，喜欢打篮球。据说，博罗的罗浮山他登上过，海南岛的五指山他登上过，香港的大屿山他登上过。他说，每登上一座山峰，就有一种征服感，觉得不枉此生。他体力好，身体清瘦，别人爬山假如要3个小时，他只要一个半小时就行了。他经常叫上班子的同志和一些年轻人打篮球。我留意到，班子的同志打不了多久，都要下来休息。唯独他，几乎每次都打完全场。

2011年元旦，行政办事中心落成后，"奥巴马"组织了万人长跑，全长13.14公里，他率镇领导班子跑在队伍的最前列。从上午8点30分开始，经过2个小时的长跑，到达了终点。中午，在新落成的广场上举行了盛况空前的1400多围（席）的盆菜宴，全镇1.5万多名干部群众以及社会各界人士参加，迎接新一年的到来。

"奥巴马"忙里偷闲，常常利用双休日或节假日的时间自驾游去摄影，拍摄的照片有一定的水准。行政办事中心落成后，他将刚去北疆拍的风光照放大后，用画框镶嵌在一些走廊的墙壁上，倒为新办公楼增添了不少色彩。

他可能比我少一两岁，于理于地方，他如果再做一届或三五年，无疑对高埗后续发展是很有作用的。但上头"一刀切"：满55周岁的无论是书记或镇长，都不能再任。故此，在去年换届时，他被"淘汰"了。其实，他差几个月才满55岁。但现实往往是这样无情。

听说市要调他到某局当副局长，他不去，宁愿留在高埗任调研员。任调研员的人一般不用上班。

不用上班，"奥巴马"自然在高埗人的视野中消失了。但高埗不少人还在怀念他，说他有魄力，能干事。尤其是行政办事中心，几任书记都搬迁不成，就他搞掂了。

我说，如果不是他来高埗，谁也搞不成。为什么？因为这个，除了魄力，资金外，还要上头配合和支持，尤其是在现在这样复杂的社会。你说建办公楼，谁敢批准？上头不干涉你，不叫停你，就算默认了。这话，我在很多场合都说过。

上个月，我和洗沙的几位亲戚去吉隆坡。他们是一般的村民，提起"奥巴马"，也赞不绝口。说他来了两三年，高埗的城市建设发生了翻天覆地的变化，要是再做几年，高埗就更好了。

前些日子，吃过早餐后我又到镇府后面的小公园散步（我一般8点前在饭堂吃完早餐后到小公园散步，散步到差不多到上班时间）。这个小公园，面积不大，里面除种有花草树木外，还有好几条用麻石铺设的人行小径，与一般公园无异。但一般的公园，都是就地形地势而建。譬如我们水乡，地势都是平的，一般也就是在平地上种些花草树木罢了。而这个小公园不同，"奥巴马"让人从远处拉来泥土，堆成了5个大小不一、高低不同的小山，取名"五埗山"。在里面散步，犹如行小山头。那天散步，我若有所思，感到"奥巴马"这个人确实有见识，有见地，办什么事都跟别人不一样。当时，城建办的副主任吉兆与我一起散步，我向他说了自己的想法，他也有同感。

2013 年 2 月 28 日

母　亲

　　我的母亲今年八十有四了。虽然经常不是这里有毛病就是那里有毛病，有时甚至个把月住一两次医院，但还能自理，且喜欢干些力所能及的活，或这里走走，那里聊聊，一刻也不肯闲着。

　　母亲没读过书，不认识字，甚至连自己的名字都不会写。记得小时候生产队排工，谁谁谁去哪里干活、干啥，都是父亲或邻居的人告诉她的。记工分，记出工天数什么的，也都是父亲帮她记。她甚至连我们兄弟姐妹的具体出生年月都不清楚，只说你跟邻居谁谁谁同一年。她跟生产队的妇女一块出工、干活（或除草、或打秧、或晒谷、或积肥——这要看农时季节）一块收工，时时是机械式的，有时也说说笑。她没什么念头，没什么理想，有的可能就是盼望自己的儿女快点长大，好早点出来帮手，多挣点工分，以改变家庭年年超支的境况。

　　那时，我们生产队的劳动日工分确实低，好似一日四五角钱。青壮年干一日的工分 12 分，妇女一般 10 分，加上晚工统一 3 分。折算起来，男的干一日也只有五六角钱。因而待到年终分配时，绝大多数家庭都会超支。我家年年超支。本来，我姐非常喜欢读书，但由于家里劳动力少，小学刚毕业，父母就不让她再读书，而是要她参加劳动挣工分了。虽然这样，也于事无补。只有到了70年代初，生产队每个劳动日有七八角钱了，加上我两个妹妹也出来干活，家里才摘掉"超支户"的帽子。

不过，母亲倒支持我读书。这或许是"重男轻女"的思想使然。记得1972年我考上高中家里没钱供，母亲带着我行路——过渡船——行路——过渡船，折腾了两个多小时，到了离我家十几二十里地的大姑家，叫大姑借了15块钱给我入学的。

母亲待人特好，尤其是亲戚。有时家里有好吃的，自己舍不得吃，也要送一部分给人。我们小时候很穷，没什么东西吃，鱼和肉更少。生产队一年到头才干塘分一两次鱼，家里养的猪也一年才一头。而每当生产队分鱼或家里卖猪时，她都会留出一部分叫我们分头去派给亲戚。除了阿姑阿舅阿姨等等外，还有比较疏远的亲戚。平时，要是家里有客人来或做什么好事杀鸡杀鸭了，她也会捧上些菜肉给邻近的老人。我们几个儿女都说她懵，自己平时都很少有得吃，现在刚有点就"派街坊"，值得吗？然而她不予理睬，次次都这样做。更为可笑的是有一年到了禾花雀季节，可能在生产队分到一些禾花雀吧（上世纪60年代我们各生产队都有捕捉禾花雀的网。每到禾花雀季节，晚上就在稻田里张开大网围捕。捕到后就分给队里的社员），她竟然留出许多用酱油熬熟用罐子装好放在阁上，说给马来西亚的亲戚食。我和姐妹几个发现后，成只成只的不敢偷吃，只好偷吃掉每只雀子的翅膀。最后，那罐禾花雀是怎样弄到马来西亚的，现在没有印象了。

母亲勤劳、节俭。但由于没文化，不懂得算计，因而不太会过日子。她常常是没钱时就借，有钱时就"大爽"、手头松，故此在生产队连年超支，也欠亲戚不少钱。也许在我两个妹妹出来干活时，手头才有个钱，生活才有所好转。

同时，母亲一生多病痛。我很小的时候，她就曾从窦上（安装在堤坝里用来排灌农田的，差不多两米宽，三四米深，相当于水闸）

跌下来，几乎跌坏了骨盆，躺了个把月。60年代后期，她咳嗽，咳出血丝，最后还咯血。在大队医疗站看了几次没效果，父亲连忙用小艇载她去公社卫生院。那时，由于交通不便，我们又身在水乡，去公社只有两条路可走，一是陆路，靠步行，且要过4只渡船，得走3个小时；一是水路，靠船艇并且要用力摇或扒（用橹放在艇尾上摇来摇去的叫摇，用双手一高一低拿桨划的叫扒），在河涌上走，也差不多要3个小时。我们年纪小，帮不上忙，只有在家里干着急。在公社卫生院约莫住了个来月，母亲回来了。我们明显看到母亲消瘦了很多，脸色苍白。父亲经过这段时间的折腾，也黑了和瘦了。我和姐问父亲，母亲得的是什么病？父亲回答：医生说是支气管炎。我当时想：支气管炎会咯血？这么厉害？

自此以后，母亲稍微着凉，都会咳嗽；一咳嗽，就痰中带血，甚至咯血。为此，父亲只好又用小艇载着她去公社卫生院住院。这个病，纠缠了母亲有三五年，几乎每年都要住一两次医院，致使在公社卫生院的好多医生和护士跟她都熟。期间，有好心人介绍说用"红丝线"（一种植物名称）煲瘦肉食可治好这病。最后，她自己种了一盆。边看病，边调理，这个病才慢慢消失。

进入老年，我们兄弟姐妹都大了，且早已成家，母亲的日子应该是幸福快乐的。但她一是闲不着。不是喂鸡就是喂鸭，有空还这里逛逛那里走走。二是爱管闲事。不是记着这个就是挂着那个，加上血压高，气短什么的，也经常弄出病痛来。前两三年开始，有病痛在村里的卫生站看来看去看不好，最后被送到镇医院，并且刚好些就闹着出院。我跟她说，你有病在镇医院看好为止就是了，反正现在农村有医保，个人不用掏多少钱；以后你有什么不适，不要再去什么村里卫生站了，直接去镇医院就行了。该住院的就住院。你不住院打滴针也要家里人陪同啊！个个要做嘢搵食，谁有那么多时间陪你？不要管那么多事，管好自己的身体，我们做儿女的就高兴了！然而，不管我说了多少遍，她还是用自己的习惯去生活，去理事。

人老了，母亲似乎变得小气、心胸狭窄了。去年，马来西亚的一帮亲戚来，让我带他们回阿婆的家乡（即我家乡）看看。我打电话给姐夫，让他通知我的姐妹弟。一大帮亲戚到我老家座谈后，我带他们连同我的姐妹弟们在镇里的一大排档一起吃了晚饭再回高埗。第二天刚送走马来西亚的亲戚，次日上午，小弟来电话，说母亲住进医院了。我好奇怪，前晚一起吃饭还好好的呢，又住院了？我赶到医院看她，问她怎么回事。原来邻居有几个老者，看到她有这么多亲戚回来，这个说，一定给你很多钱呀？那个说，一定给你很多礼物呀？其实啥也没有。她如实告知。但几个老者同声说不信；还说她不老实，不肯讲。为此，她委屈了一晚，第二天就憋出病来了。我说：人家千里迢迢来到有心看看你就行了，还奢望什么？你看人好，人看你好。你现在不愁吃，不愁穿，弄不好比他们在异国他乡还强呢？经过开导，她脸上才露出笑容。

母亲虽然一生多病痛，命苦，但命大，比父亲多活了二十多年。现在，我们做儿女的经常劝她放宽心，好好享福，健康长寿……

2013 年 3 月 30 日

妻　子

写了母亲，又想写写妻子。

我与妻子的相识，是一远房亲戚介绍的。那年，对越自卫还击战后，我提了干，次年回家探亲。在公社探望一远房亲戚时，亲戚说，帮你介绍个对象吧，是我工友；人长得不错的，比较能干。亲戚所在的工厂是国营船厂。那时，属"国"字头的厂子在公社不多。听他这样一说，想到自己也到了谈婚论嫁的年龄，我说好吧，先见见面吧！当晚，在亲戚的安排下，我在亲戚家第一次见到现在的妻。当时，陪妻子晚上同去亲戚家相睇的还有她的两个女工友。

第一次见妻，妻的长相并没有亲戚说的那么好。只是瓜子脸，双眼皮，身材中等，相貌平平；衣着也很朴实，没什么吸引力。虽然单位不错，带"国"字头，但不是我理想中的对象。所以，当第二天早上起来亲戚问我感觉怎样时，我说：考虑考虑段时间吧！

其实，我那时的理想是在县城找。因为我知道而且也相信我以后转业会在县城，不会在公社一级的单位——这不是我自傲，而是我有信心和决心，相信自己的才华。在公社找，以后将其调上来可能麻烦。因此，我也叫在县城工作的一亲戚帮手。莞城的亲戚介绍了一个在自己单位医务室工作的姑娘，相睇后我比较满意和喜欢。

但那时，由于对越自卫还击战结束不久，战争的阴影还在人们的头上未散去，因而许多县城的姑娘是不太愿意嫁给军人的，怕不知哪一天又要打仗。部队上存在着"找对象难"的现象。15日的探亲假期结束，回到部队后，我给相中的县城姑娘写信，没有回音。不得已，只好跟现在的妻通信（那时，由于交通不便，又没电话，交往只能靠书信）。书信一来二去，二去三来，无形中，我发现妻有一种内在美。因为我在去信中，常常出些难题让她思考、解答，看看她的内心世界如何。诸如我们军人为了国家的利益，随时会作出牺牲的，你有没有心理准备；跟军人结婚，妻子如同客栈，丈夫是照顾不到家庭和孩子的，你是否接受等等之类的。想不到她每次回信通情、达理，很是理解和接受。

虽然如此，我还是不太愿意。因为我总想找县城的人。有次去广州办事，我顺便回家到她家看望她。看过后，我对她说，你明天到我家里去，看看我的父母亲。我当时想，要是她不去，此段情就到此为止了。想不到到了第二天，她叫了个女工友陪同到了我家。这样，想到县城找而又确实难找，我就慢慢接受了。

经过一年左右的书信往来，我与妻从相识、相知，到相恋、相爱，感情瓜熟蒂落，于1981年六七月间请探亲假回家乡结婚了。婚礼的仪式是简单朴实的。因为那时还没怎样开放，农村还比较穷。我家里只做了二三十席酒，请亲朋戚友和一些父老乡亲来捧场。妻的那边只有六七席，也只是岳父岳母家的亲戚和妻的工友。蜜月是在我家和妻工厂给她分配的宿舍里度过的。一个月的探亲假期（当时部队规定军人探亲结了婚的30天，没结婚的15天）满后，我叫妻也请半个月假与我一同去部队。

此后，由于妻有工作，要上班，我俩就各在一方了。每年的相聚只有各自一个月的探亲假，直到我转业回地方。

这期间，妻还去过两次部队，一次是我回家时带她去的，一次是与一工友同去的（她工友也是军嫂，丈夫与我是姑表，但部队驻地不同）。第二次去时，带着出生已有9个月大的儿子。

转业到地方后，我被分配到县委机关工作。公社离县城的路程踩单车差不多一个小时，我只有星期六下午回去团聚（那时星期六下午和星期天休息）。一年后，单位通过工业局、经委等部门，将妻调到县印刷厂，继续当所谓的"国营工"。这样，我们才真正结束了两地分居的生活。

　　与妻相处、接触的日子多了，我发现妻有不少缺点和毛病。首先一个是看问题片面，"死牛一面颈"（广州话，意为蛮横，错了也不轻易认错）。衡量或评价一个人或一件事，总认为无标准，你怎样说都行。不存在对与错、是与非、曲与直。我说怎么没标准，公众认为的普遍能接受的就是标准。她不予认同。第二是脑筋迟纯。明知对方的言行或观点不对，但过了十秒八秒才反应过来（对我的说话反应倒快，我常常还未说完，她就顶住，搞得我很扫兴），比别人慢了几个节拍。以致想反驳回击时，已来不及，事过境迁了。第三是疲沓、手脚慢。每干一件事总是慢吞吞，不知道优选法，不懂得同时法。只是按部就班，一件一件地做。不会许多件同时进行（如煮饭做菜煲汤等）。儿子还是婴儿时，说织件毛衣给儿子。第一年下来，只织了两巴掌大的。第二年下来，也织了两巴掌大的。第三年，还是八字没有一撇。再加上儿子一年一年往上长，结果，始终没给儿子织成一件毛衣。我嘲笑她，她反驳说：你以为我有好多时间呀，白天要上班，下班后要带儿子，晚上待儿子睡了有时还要给你写信。这些年你不知我是怎样挺过来的。第四，缺乏常识。上市场买菜，不知道这叫什么鱼那叫什么鱼，不知道鸡鸭鹅有哪些种类，更不会辨认公和母。十多年前，她从市场上买回两只老鼠干（知道我喜欢吃），每只有一斤多重。我说：如果是田里的老鼠，哪有这么大的？扔掉它吧，我不敢吃。还有一个，就是不善于总结、提高（长进）。俗语说："跟官要知道官脾气"。陪伴丈夫也应知道夫的性格特点。然而她不，经常不是顺着你，而是抬杠顶牛，有时还倔犟。跟我几十年，还不知道我喜欢什么样的衣裤，帮我买过一两次我不喜欢，她就没有再帮我买了。我说，帮我去买吧，你知道我不喜欢逛街，又没这么多时间。她说，要买自己去，我陪你去都行。我再帮你买，买回来又不喜欢怎么办？似乎说得有理，其实不然。要知道，你与丈夫生活几十年，还不知道丈夫的穿着爱好、称职吗？

妻上述种种言行与举止，与我这个急躁、守时、说一不二、原则性强、有理不饶人的性格碰在一起，时间长了，必然会产生碰撞、摩擦和"走火"。因而时不时会发生争吵、拌嘴和对骂。好在我声高，她就声小，或我看到她声高，我就声小，没发生过肢体冲突。同时我十分相信和肯定，妻的这些缺点毛病，是妻昔日读书少、文化低造成的。因为她只读过小学。有一次，电视里正播放野生藏羚羊产羊羔的新闻，她在房间里不知干啥，我连忙喊她出来观看（因为她也喜欢看动物世界、寰宇地理等方面的电视节目）。出来晚了，看不到，忙问我刚才看啥？我说在播野生藏羚羊产羊羔。她愣了一下，过了片刻，才对我说："我以为说啥？生羊崽就生羊崽吧！产羊羔，这么文雅，谁听得懂？"你说，是不是"对牛弹琴"呢？

不过，妻也有几个"亮点"。一是地理知识好。她藏有两张地图——《中华人民共和国地图》和《世界地图》，没事时经常打开来看，因而中国的哪个省，甚至世界的哪个国家在什么位置，她都能说个准确。这方面，我经常要请教她。二是与人聊天知识广、话题多。由于妻退休前在新华书店干了几年，工作闲时看了不少书，加上退休后每天大部分时间不是看电视就是看报纸，国内国外的政治、时事和社会新闻什么的，都了解和掌握一些，因而不管与什么人聊天，聊什么内容，她都能插得上嘴。曾有不少后辈问父母："英姨怎么知道那么多东西？"或"你看人家英姨，多有知识啊！"不了解她的人，还以为她是教过书的呢？三是人退休了学会了开车。也刚好那时开始抓酒驾。现在，我每当晚上有应酬，都会叫她"打的"过来，到时回去好帮我开车。四是我生活中的秘书和顾问。每次与她组团外出旅游和度假，她就会打点行装，带齐行李（包括毛巾凉鞋运动鞋等）。出发到达目的地后，如果是度假我自己订房的，她会主动到总台拿房卡、分房。就餐时点菜、埋单、付账，不用你操心。整个行程结束了，再叫上一两个团友帮忙算账，住宿多少钱，吃饭多少钱，平均每人多少钱（我们外出旅游或度假都坚持 AA 制），然后每人或每家给她付多少钱。由于平时我抽烟又喝酒，会经常喉咙痛。每当我说"喉咙痛了，煲凉茶吧"，她就会搭配药材，煲给我喝（为了防治我喉咙痛或感冒，她每年有一两次跑到批发药材的市场买中草药回来，每次用时自己搭配）。我喜欢写东西，东西写成后，我一般给她过目，她也很乐意，并常常能提些意见或建议。

记不起是谁说过这样的话：看一个人你要多看人家的优点，少看人家的缺点（大意）。妻虽然有不少缺点和毛病，但也有这么多的优点，我还能怎样？唯有倍加珍惜、呵护，相互厮守到老了。

哈哈。妻，还是不错的……

2013 年 3 月 31 日

"树司令"的管理观

他姓张，"树司令"是我给他起的别称。我想，养猪的有"猪司令"，养鹅的有"鹅司令"，养鸡的有"鸡司令"。他养树管树，何不可以叫"树司令"呢？

"树司令"是一个集团公司的老板。集团公司是个家族公司。三兄弟中，他排行老大，负责管树养树。他所管养的树木都是古树老树。最大树木的树身三五个人合抱都抱不过来。据说不少都是从越南、印尼那边运过来的，都有出口证书和检疫证书。树木刚拉回来时，连根都没有，他用吊机吊起来，一蔸一蔸地竖立在用砖头垒高的有着泥土的空穴上，然后一蔸树一蔸树地在树的身上装满了水管，水龙头。从上到下，有的三五个，有的七八个，像吊滴一样。装好后，开动抽水机，那水龙头就会在树身上喷灌。每天早午晚三次，每次喷灌 1~2 个小时。说也奇怪，那些全身上下光秃秃的树木，就这样在他的精心养护下，慢慢地长出了嫩芽，长出了绿叶，长出了树根，也长出了树丫。

一次他带我巡视树园。他看到那蔸树那处水龙头的水喷的大了点，就过去将水龙头拧紧些；这蔸树这处水龙头的水喷的少了点，就将水龙头放大一些。所到之处，忙个不停。还跟我说这蔸树养了三四个月，一点生气都没有，后来制水一星期，结果，树身上发芽，最后长出嫩叶；那蔸树也有几个月了，动也不动，还是老样子，差点放弃了，想不到过了不久，长出了新芽；面前这蔸，最有意思，初时是右边长叶，左边一点动静都没有，以为它就这半条命呢。殊不知，过了三四个月，左边也长出叶子了。你看，现在左右两边的树叶长的都差不多，你不留心，还看不出来呢？……整个林区几百蔸树，而每一蔸树，他几乎都可以说出一个故事来。看着他很在行很细心的样子，我对他说，"不是有个工仔吗？你当老板的要不要这样忙碌呀？"

他回答："你依赖工仔？工仔巴不得你的树全死掉呢！死掉了，他就不用这么辛苦了。"

他说的话，虽然刻薄，但我相信。是的，要想成就一番事业，就必须亲力亲为。靠人，始终是靠不住的。尤其是当老板，做生意的，非要事必躬亲不可。俗话说"力不到不为财"，就是这个道理。

我有些朋友过去在生意上也有投资，但由于没有参与经营管理，光依靠别人，因而都失败。

自己不参与，依赖别人，这如同"树司令"所说的，好吃的，工仔都想吃掉；不好吃的，工仔都想让它死掉。这样，到老板手的，会是什么结果？

难怪"树司令"管养的树，成活率都在九成九以上。几百蔸树，也难怪"树司令"每蔸都能讲出一个故事来。这就是"树司令"的管理观啊！

"树司令"以前在公司管建筑，20世纪90年代在市里建的一些大厦，曾被评为优质工程。现在，他管树养树，也成为养护树木的行家里手，一些过去是他园林的师傅，现在倒回来向他拜师。

这三五百亩上千蔸古树老树，一片绿意盎然，生机勃勃。小的三五万，大的二三十万不说，就生态上的意义，也是无法言说的。它吸引了无数的各种各类的鸟儿在这里栖身。每当傍晚时分，外出觅食的鸟儿，就会从四面八方、密密麻麻地飞回来过夜。叽叽喳喳，有黑有白，有大有小，好不热闹，形成了一道难得的靓丽风景。

2012 年 6 月 17 日

"还要多谢巫家兄弟"

　　近年来，位于南昆山生态旅游区的中坪尾村因周围山势树木好，空气好，且气温低，每逢周末吸引了不少广州、深圳、东莞等地的上班族前去度假。尤其是夏天，可说是个个周末都爆棚。为此，村民中稍有点钱的，都建起家庭旅馆；缺钱有地的，也让外地人投资相互得益。也为此，总共才十来户人家的一个小小村落，家家户户都有家庭旅馆。多的甚至有两三栋，生意很是火红。

　　过去，我们去过几次南昆山，诸如云天海、丹枫寨、桃源山庄以及镇里的一些酒店也住过，但每年的次数不多，且一般都是住一晚。我们真正度假是去罗浮山。因为罗浮山离东莞较近，且全程都是高速，40分钟左右的时间就到了。一住就是两晚。

　　去年"五一"长假，考虑到去省外或其他地方特别是有风景名胜地方的人会更多，于是我与朋友选择去南昆山度假。又因我在朋友中是出了名的旅游专家（每年无论是短途长途，还是休假，都是我策划和组织，也包括自驾游），我便上网查找南昆山的一些家庭酒店（因一些大型的度假村或度假山庄之类的价钱太贵，一晚半晚的还可以，几晚的负担不起）。高山别墅爆满，碧水湾只能住两晚。我心有不甘，下午又打电话到高山别墅，问别墅附近是否有私人旅馆，有的帮联系一栋 5 房的。接电话的是一个名叫小燕的姑娘。她便帮我联系了一户，说女主人姓陈，名叫水仙。并把电话号码发给我。

我们几家 10 人在碧水湾住了两晚后，第三天吃过早餐，就沿着高山别墅的方向走。到了高山别墅，我打电话给姓陈的女房东，问她怎样走。按照她的指引，我们往前行驶了三五分钟，见到有个村庄，村前一栋房屋的门口，站着一位削瘦的三十多岁的女子，正迎接我们。

这一去不打紧，立刻就把我们深深地吸引住了。这是个幽静、充满绿树翠竹的小村落，名叫中坪尾村；只有十来户人家，气温又比墟镇低好几摄氏度。晚上睡觉，不仅不用开冷气，还要盖棉被。我们早上早餐前行山，下午晚饭前又行山。初时不识路，后有朋友大胆的，说沿山路走可以从高山别墅一区出来。慢的一小时，快的40 分钟。

此后，我和朋友几家周末如没什么事的就一定会来。一来就会住水仙家。一住，就是两晚。这里虽然比罗浮山远个把小时，但它空气好，气温低，吃的口味不错——水仙说她自己在东莞的酒店专门学习了几个月。加上水仙口乖，每顿食完后，问你味道怎样，走时还站在门口欢迎你下次再来。

今年 4 月，因水仙家装修，我们住在另一户我们平时行山时经常看到的靠近山边的人家。这栋建筑比较新，高三层，楼下除主人自己住外，还设有厨房和餐厅，为游人提供餐食。二三层出租，每层楼 3 个房间。房间挺宽敞。房门口前面还有一个很大的通道，又可作阳台。因这户人家的地理位置好，且房间较宽敞，因而每间房比水仙的贵几十元。

一天早上，我行山回来，站在楼下前面那一大片的空地上，望着这栋被周围竹林和树木掩盖着的楼房，若有所思。一个坐落在山谷儿的山民，有房有车，做梦都想不到啊！并且，每个房间周末200 块，6 个房 1200 块，我们住两晚光房价应有 2400 块。还有吃的。

一个月，光周六周日就有 8 天，这样算下来，一年的收入多可观啊！这时，恰巧女主人出来，我就对女主人说："你家有今天的好日子，得多谢共产党，多谢邓伯伯啊！"

女主人说："还要多谢巫家兄弟！"

我知道高山别墅是巫家兄弟投资兴建的，但不知道是哪里人。女主人告诉我，是广州人。

女主人为什么除了多谢共产党、多谢邓伯伯外，还要多谢巫家兄弟呢？此后的几个周未，我们又住在这里。在与女主人断断续续的接触和只言片语中，我了解到一些实情。

中坪尾村距南昆山的大路也有三四公里，更不用说到墟镇的路程了。现在，村子里的路至南昆山大路都是泥路。这样一个偏僻闭塞和交通不便的村子，哪有不穷的？虽然村民们家户户有一百多亩山林竹子，靠卖竹子维生。但竹子能卖多少钱？像女主人那样，一年砍一次竹子才卖 5000 来元，且不是每年都能砍的。没法子，年轻的村民只好外出打工。女主人的老公邹生，就外出打工十几二十年，其中在广州帮人开货车有七八年。

1995 年，广州人的巫家兄弟，看中中坪尾村的生态环境好，满山遍野都是树木和竹林，便在进入中坪尾村村前个把公里的地方建了几栋别墅，取名为高山别墅，又称高山森林度假村。开张不久，可能是一炮打红吧，后来又在靠近中坪尾村前一点的地方搞了第二区。也许是来度假的人太多了，第二区也不够用。没办法，只好把中坪尾村前的一个仓库租下来，作为第三区……

兴许是受到高山别墅的辐射或启发吧，村民们于是有的开始建房，有的房子原来可以的就略加改造，供游客租用。还有些人与外地人合作，外地人出资金，村民出土地，共同受益。每间房平时一百几十元，周末和节假日的多三五十元。若一户农户有五六个房，一月下来就是一笔不错的收入。像这个女主人那样，2009 年建了这栋有 6 个房间出租的三层楼房，到去年不但还清了借款，还买了部小车。这样的日子，做梦也梦不到啊！难怪说还要感谢巫家兄弟了。

"多谢巫家兄弟"，说明这个女主人有心，懂得"饮水不忘开井人"。十多年前，我去西安兵马俑观光。听导游介绍说附近一些靠兵马俑吃饭赚钱的人，高喊翻身不忘共产党，幸福不忘秦始皇。我说这些人就没良心，也不实事求是。试想，如果没有邓伯伯的改革开放，解决了全国人民的温饱，逐步实现小康，你兵马俑有多少人去看？所以，还是我眼前这个女主人讲得对，讲得全面。她虽然没有多少文化，也不太善言。

2012 年 6 月 19 日

人间百态

"爸，你以后不要在校门口接我！"

由于计划生育只准生一个，某君偏偏得的是女孩。祖上断了香火，于心不甘。为此，他经常思算着如何得返一子。

没办法，差不多50岁那年，某君遇到一年轻白领，且未婚。他想生一子，且喜欢她年轻貌美；而她看中他有权有钱，年纪相差一半也不要紧。这样，一谈即合，一拍即明。某君旋即与原配离婚，与白领结婚。

不久，新欢怀孕。又不久，证实是小子，某君喜滋滋的。10个月后，儿子果然呱呱坠地，某君兴奋异常。

晚年得子，了却心愿。某君连什么长都不做了，提前几年退下来，一心护养儿子。

有子相伴，日子过得倒也飞快。转眼间，儿子到了入学年龄。

为了让儿子读好书，也尽到做父亲的责任，某君天天坚持送儿子去学校上课。放学了，又去到学校门口把儿子接回来。

天天如此，风雨同路，如同上班，习以为常。

突然有天，儿子满脸不高兴地对他说："爸，你以后不要在校

· · · · · ·　221

门口接我！"

老爸惊呆了，忙问为什么？

原来，同学的父亲来接孩子，个个都是年轻英俊的，唯独他的父亲是个老头。同学们不解，就追问他，甚至耻笑他。小家伙自尊心受到伤害，也为了以后让同学不再知道自己的父亲是个老头，他只好这样要求父亲。

某君一时不知说什么好，昔日见到儿子乐滋滋的笑容也消失了。

"我是来找我妈的……"

B君也得一女，且与妻子性格不合。为了结束这段婚姻，也为给自己留条根，B君在一酒店里认识个领班，据说还是处子，于是与妻子离婚，与心上人结婚。

心上人没有辜负B君的期望，也给B君生个了白胖小子。

知天命之年得子，B君全家乐开了怀。尤其是年迈的母亲，整天忙里忙外，倒也显得年轻。

嫁入B家后，又给B家添了苗，加上B家有钱，心上人倒真正过上了开宝马，住洋楼，养番狗的贵妇生活。平日里，除了相夫教子外，啥事也不用干——清洁有工人，做饭有保姆。

心上人过的好日子，相继在家乡传开了。不久，大哥来了；二哥来了；一些弟妹也相继来了。好在B君本事大，又有房产。所以不管心上人什么亲戚，都能一一安顿好。

一日，外面的门铃在响。B君打开豪华门，只见一个头发蓬松，衣着褴褛的十四五岁的农村小伙站在面前，B君忙问你干啥？

那小伙不慌不忙，对他说：我是来找我妈的！

"你妈？谁是你妈？"B君问。

"某某某！"

"什么？某某某是你妈？某某某不是我现在的老婆吗？"

还说处子，还说未婚，B 君瞎眼了……

"想到来钱这么容易，我啥也不顾了……"

那年扫黄行动中，东莞某派出所根据群众举报，抓获一名鸡头和两名卖淫女。让人想不到的是，那鸡头手下的两名卖淫女，一名是鸡头的儿媳，另一名是鸡头的女儿。办案民警勃然大怒，训斥道："你是人还是畜生，这样的事竟做得出来！"

鸡头答："想到来钱这么容易，我啥也不顾了……"

2013 年 1 月 21 日

传 讹

原铁道部部长刘志军被抓的消息，通过电视、报纸、互联网等传媒披露后，举国欢腾，人们奔走相告。

"刘志尖被抓起来了！刘志尖被起来了！这真是应了'善有善报，恶有恶报；时间不到，一到全报'的那句古话了！哈——哈——哈——这回我们胜利了——"消息传到某村庄，某村庄的村民格外开心。尤其是一些老党员老干部，还专门买来烟花炮竹，以示庆祝！

"我们领导好好的，谁造谣生事，说我们领导被抓？"不日，警察如临大敌光顾这个村庄，要求找出造谣生事者。

乡亲们你看我，我看你，齐声说：不都是你们电视、报纸和什么说的吗？

"说什么？说什么？"

"说刘志尖被抓起来啊！"

"那是刘志军——"警察们纠正道。

"刘志军——刘志尖？刘志军——刘志尖？我们怎么听的是刘志尖呢？难道有人耳背了？"乡亲们答。

其实，警察们之所以追查谣言，是因为他们的地方领导叫刘志尖。

其实，这里的百姓之所以将"刘志军"传讹为"刘志尖"，是因为刘志尖在这里大耍特权、压制民主、贪污受贿。当地人对他的所作所为早就恨之入骨，多次举报投诉无果，以为这次被抓的是他，因而特别高兴。哪知是传讹了呢……

2013 年 7 月 17 日

· · · · · ·

新莞人趣事

　　在我市，为了让外来打工者安心工作，不至于流动到其他地方，市委根据大多数人的提议，决定将外来打工者一律称之为"新莞人"（包括白领、蓝领，也包括借用或调动来东莞的外地人）。这原意是好的，起码是给外来打工者的一个尊重，从而安心东莞，热爱东莞，服务东莞。

　　孰料不到的是，这"新莞人"的称谓，却伤了一些来莞多年乃至虽是外地而早就是东莞户口，甚至是在东莞做领导干部数十年的同志的心。一日，"新莞人"的称谓公布不久，在东莞工作几十年，官至副市长位置上退休的朱某在公共汽车上被一熟人称为"新莞人"，大为反感："你才是新莞人"。还有一退休的副市长，因祖籍不是东莞，也常常被人戏称为"新莞人"。就连后来调任到东莞的市委书记和市长都说，"我俩是'新莞人'，请你们'老莞人'以后在工作上多多支持和配合……"

　　这似乎有点儿乱套了。为此，原市政协一领导对这一称谓提出异议。在某次市委领导征求意见座谈会上，他说："'新莞人'这个称呼划得太粗，太明显，建议党的会议上不要使用这个称谓。"又说，"新莞人"难以界定，来到东莞多久算是新莞人？多久才算老莞人？解放东莞的 131 师解放军战士算不算新莞人？如果以户籍作为标准也不适合。前任书记在会上说"我永远是东莞人"，但他也没有说"我永远是新莞人"啊！

这位原市政协领导的质疑与建议是否有效，我后来不是很清楚了。不过，当地媒体每天报道称的还是"新莞人"……

2013 年 6 月 20 日

乡村趣闻

"党委决定打台风"

上世纪 70 年代，有一台风来袭。某公社根据县委的安排部署，召集各大队支部书记开会，要求做好防台风工作。那时，大多数干部没文化，更不会做什么笔记。待到某一支部书记召集生产队长传达公社会议精神时，变成了"党委决定今晚打台风，要我们做好防台风的准备——。"众生产队长愕然……

皮权骂女

皮权者，乃我故乡一贫农骨干也。话说皮权有一女儿，上世纪70 年代初跟一广州下放来的知青"拍拖"（即谈恋爱）。知青肩不能挑，手不能提，是下来接受贫下中农"再教育"的。找知青做老公，喝西北风呀！为此，皮权对女儿没少打，也没少骂。可女儿始终"执迷不悟"，且铁了心，最后干脆跟那知青睡上了。一天，皮权见到女儿又当众大骂："你跟谁结婚，不是一样爽吗？非要跟那知青！"

众人哗然。后来，有好事者还加上一句："难道知青那'东西'是有花的？"

王大兴话头

王大兴，上世纪70年代某公社妇联主任。王大兴有什么"话头"呢？原来，那个时代的妇联主任，专管计划生育的多，几乎天天都要动员人家避孕、结扎或什么的。加上知识未普及，人们疑问多多，诸如戴套、吃药或结扎影不影响性生活什么的。王大兴倒也干脆爽快。每当有人问到，她必答："没什么，一样爽法！"故此，"王大兴话头———一样爽法"的歇后语，在该公社几乎无人不晓，而且被"活学活用"在日常的闲聊和说话中。

"不找，好的给别人找完了"

上世纪六七十年代，余家乡有一陈姓姑娘，晚上经常与几个比较前卫的女子出去"扒白板"（即找对象），这哪能行？那时，家家户户都比较穷，父母一般指望自己的子女干完农活后待在家里织蒲团、草席和编草辫，挣个"咸淡钱"。为此，陈的母亲很有意见。每当看到自己的女儿晚上要出去，她都会说："你这个姣婆，又出去搵佬了？"女儿答："我不主动找，好的给别人找完了。"她说的也是，个头矮矮的，又读不了书，不主动点，谁会青睐她？

看"1"

有一老农到当时叫公社的卫生院看病。他大清早起来，排第一位，挂的号是1。可他看到医生已看了十多个病人了，还没有到他，感到十分奇怪，便问医生怎么回事。医生说："你排几号？""我排第一，是1号！"医生说："我一开始就叫了好几遍，你不吭声，怪谁？""你叫过？""是啊！""叫过啥？""我叫'腰'——'腰'——'腰'——，你不应，怪谁。""'1'就是'腰'？""是啊！你不知道吗？"老农不再吭声，心里想，你这个医生这样妒恨，我非整你一下不可。于是，到老农看病时，医生问："你看什么？""我看'1'！"医生平时看的病多着哩，哪听说过"1"这种病呢？所以以为听错了，又问了一次。而老农态度非常认真、坚决，就是说看"1"。医生说，没这种病。老农不慌不忙地说："怎么没有这种病呢？你不是说'1'就是'腰'吗？我看的就是'腰'，也就是'1'啊！"那年头，得罪老农就是得罪贫下中农，弄不好，还要挨批斗呢！那医生只好陪礼道歉了。

2013 年 8 月 15 日

刘大姐的退休生活

刘大姐退休多年，每月社保给的退休金有 2000 多元，加上过去的一些积蓄，加上医保，加上乘公交车有老人免费卡，故此刘大姐很满足，活的也很潇洒。朋友们说去玩，她就跟着去玩；朋友们说去旅游，她就跟着去旅游，也不管去哪一个地区和国家。为此，有些人不理解，问：你怎么活的比以前还好？或：你现在怎么这样好？而每当这样，刘大姐都会说："全靠共产党，全靠邓伯伯！"或："多谢共产党，多谢邓伯伯！"

刘大姐这样说，是发自心底的。她虽然在上个世纪 70 年代初就参加工作，并且是国家工人，但当时每个月的工资也只有二三十元。即使是 80 年代中期到了市印刷厂，她的工资也只有一百来元，并且还要加班加点，有时甚至要加至深夜。记得《东莞市报》刚创刊时，为了做一份报纸，常常要加班到深夜一两点钟（那时还没有电脑，排版要靠人工拣字。排好版了再印，印出来了然后分拣、折叠。所以那时出一份报纸，从排版到出报，不知得用多少道工序，也不知要花费多少个小时），搞得她丈夫晚上不放心，也极不好意思，认为堂堂一个在机关做的干部不能帮妻找份好的工作。后来，她丈夫找到宣传部的钟部长。钟部长同情她丈夫，也知道她丈夫的脾气——不轻易求人，于是便帮她丈夫把她调到属下的新华书店。

虽然如此，刘大姐的生活并没有多少好转。因她丈夫时常要下乡，家庭的生活全靠刘大姐一个人去打理。她要上班，要送儿子上学；儿子放学了，又要接回来，还要做3餐吃的，因而常常忙得像陀螺那样转。好在刘大姐坚强，从小吃惯了苦，再苦再累也不怎么说。但她丈夫明显感觉到，刘大姐这几年瘦了，双手也粗糙多了……

后来，儿子大了点，知道放学后到书店找母亲，刘大姐不用去接；再后来，儿子可以自己骑单车去上学，不用母亲接送；再再后来，儿子真正长大了，自理了，刘大姐才轻松起来。

但不管怎么样，刘大姐还是没有退休后现在的好。因为那时工资还不高，还要一天忙到晚。而现在，不用干，工资待遇却比以前的还要好还要高。刘大姐说：这哪里想得到呢？

为此，刘大姐逢人都说现在的好。她说，现在不愁吃，不愁住，你要买什么，市场和商店里就有什么。要是以前，你有钱也没地方用。改革开放多好啊！邓伯伯的政策多好啊！尤其是在我们东莞这个天时地利人和、风调雨顺的地方，做人就更幸福的了。

现在，刘大姐每天的生活一般是看看电视、看看报纸、到公园走走，然后回家做饭吃饭这样"四部曲"。偶尔也和工友或朋友出去饮饮茶，逛逛街。更多的可能是旅游和度假。退休这些年，她除了跟她丈夫去了国内的一些著名景点外，还和她丈夫的战友或朋友去了西欧、北欧、南非等地，她说下一站国外的目标是美国和加拿大。

每当有人骂娘，说共产党的不是，刘大姐总会说："傻了？骂共产党？没有共产党，就没有我们今天的幸福生活。我是不会去骂的。"她和她丈夫几次去中山温泉宾馆度假。宾馆附近的罗三妹山上，有纪念邓小平南巡"永不走回头路"的主题公园，公园内有座邓小平塑像。除了泡泡温泉，他们也登登山。每当他们登山经过这座塑像时，她都会停下来拜拜，口中念念有词。她在家里从不拜神，也不会拜神，但见到邓伯伯等伟人的画像、塑像就去拜了，这显然她是在感恩。

2013 年 11 日 25 日

后 记

　　该书定了书名后，我就在工作之余开始动笔写了。有时边写边拟定下一篇的题目，有时边写边想起往日的事和人；有时一个星期三五篇，有时一日一两篇。写的还算顺畅，还算舒适，还算应手。倒是在交付同事打印中，又要校对，又要修改，几乎花了一半的时间。

　　文章都是按先后想到的题材和内容去写的，原本不打算分类，只想按时间顺序去排列。但后来考虑到内容太多、题目太多，朋友们光看目录，就一大串，有点累。为此将它分成三类了。其实，都是杂文和随笔之类的，不必分也可以。

　　为了让朋友们轻松、愉快地阅读，不过于严肃、呆板、认真，我还加插了若干则趣闻、幽默和笑话，以博大家笑笑，开心开心。

　　由于此书写的大都是以往的事情，有些年月，记得不一定准确。如有出入的，希望朋友们给予指正。同时，这些文章，毕竟也是一家之言，难免存在偏差、偏激和偏见，甚至不一定对，亦希望朋友们多批评指正。

　　再一次感谢好朋友伊始。由于我才疏学浅，对一些词语的把握（尤其是广州话），知其意而不知用何字去表达，颇费工夫。如"高巾冢"的"冢"，我初时是这样写了，但只听说过而从来没有看到过这个词，因而把心不定，犹豫不决，甚至后来将"冢"改为"种"。

· · · · · ·

便发信息问伊始。伊始答："冢著，大也。如冢卿、冢相、冢君等。'高巾冢'可是粤语特指名词？如是，则应用'冢'而不用'种'也。"为我解决了这一难题。

　　同时，也要感谢诗人黄礼孩，这个在广东文坛上身兼数职的大忙人，忙里偷闲，热心地为我书中的一些关键地方作了修改和更正。感谢同事莫绮萍，她从头到尾负责此书的打印，包括三四遍的修改稿。

作者

2013 年 12 月于莞域